arthur
e a cidade proibida

arthur

LUC BESSON

arthur
e a cidade proibida

Baseado na idéia original de
Céline GARCIA

Tradução
RENÉE EVE LEVIÉ

martins
Martins Fontes

O original desta obra foi publicado em francês com o título
ARTHUR ET LA CITE INTERDITE.
Copyright © 2003 EuropaCorp – Avalanche Productions – Apipoulaï Prod.
Copyright © 2003, INTERVISTA
All rights reserved
Illustration Patrice Garcia. Tous droits réservés.
D'après un univers de Patrice Garcia. Création des décors et des personnages:
Patrice Garcia, Philippe Rouchier, Georges Bouchelaghem, Nicolas Fructus.
Copyright © 2005, Livraria Martins Fontes Editora Ltda.,
São Paulo, para a presente edição.

1.ª edição
janeiro de 2006

Tradução
Renée Eve Levié

Preparação
Eliane Santoro
Revisão
Flávia Schiavo
Tereza Gouveia
Produção gráfica
Geraldo Alves
Paginação/Fotolitos
Studio 3 Desenvolvimento Editorial

Dados Internacionais de Catalogação na Publicação (CIP)
(Câmara Brasileira do Livro, SP, Brasil)

Besson, Luc
  Arthur e a cidade proibida / Luc Besson ; obra baseada na idéia original de Céline Garcia ; [tradução Renée Eve Levié]. – São Paulo : Martins, 2006.

  Título original: Arthur et la cité interdite
  ISBN 85-99102-25-7

  1. Literatura infanto-juvenil I. Garcia, Céline. II. Título.

05-6157   CDD-028.5

Índices para catálogo sistemático:
1. Literatura infanto-juvenil 028.5
2. Literatura juvenil 028.5

Todos os direitos desta edição para o Brasil reservados à
Livraria Martins Fontes Editora Ltda. *para o selo* Martins.
Rua Conselheiro Ramalho, 330 01325-000 São Paulo SP Brasil
Tel. (11) 3241.3677 Fax (11) 3115.1072
e-mail: info@martinseditora.com.br http://www.martinseditora.com.br

volume 2

capítulo 1

O sol se pôs no horizonte aos poucos, como se desejasse dispensar as pessoas do calor. Ele sabia que ninguém suportaria suas chamas ardentes durante um dia inteiro.

Alfredo, o cachorro, abriu um olho. Uma pequena brisa alertara-o de que a temperatura estava finalmente suportável. O cão levantou devagar, espichou as patas, saiu da sombra que encontrara a um canto do jardim e foi procurar um pedaço de grama fresca para marcar território. Ele quase escolheu um dos ângulos da casa, mas, de tanto marcá-lo, o canto já estava amarelado fazia muito tempo.

Um jovem falcão, empoleirado no topo da alta chaminé, observava as redondezas. Ele parecia não temer o calor nem ninguém. Nem mesmo o cachorro, que passava pelo jardim com as patas pesadas, ainda cheio de sono.

A ave de rapina acompanhou-o com seu olhar aguçado. Foram apenas alguns segundos, mas o suficiente para perceber que aquela presa era grande demais para ele. Perdendo o interesse, virou a cabeça para o lado e começou a procurar outra vítima.

A casa também sofrera durante todo o dia com os ataques do verão, e as portas de madeira e as telhas estalavam sem parar. Eram estalidos secos, regulares, como notas musicais embaladas pelo sol.

Nesse dia o sol incomodara todo o mundo, e já era tempo de ele se deitar.

Como se quisesse avisá-lo de que a hora de ir dormir chegara, o falcão deu um pequeno grito, rouco e forte, um grito desagradável que acordou vovó.

Vovó adormecera em cima do sofá, no meio da sala.

É bem verdade que, com o frescor da sala e o tique-taque hipnótico do grande relógio de pêndulo, era praticamente impossível resistir à chamada da sesta. E, se acrescentarmos os dois grilos que tagarelavam sem parar, qualquer pessoa dormiria até de noite.

Mas o falcão despertara vovó. Ela abriu os olhos sobressaltada, atrapalhando-se um pouco com a capa de algodão que protegia o encosto do sofá e que ela deveria ter puxado para se cobrir enquanto dormia.

Vovó voltou aos poucos para a realidade. Ela recolocou a capa de algodão no lugar, como se desejasse apagar qualquer vestígio daquela sesta imprevista. Como se adormecer naquelas circunstâncias fosse obra do inconsciente.

Isso fez com que ela se lembrasse das circunstâncias atuais e de Arthur, seu adorado e único neto. O neto que desaparecera da mesma forma que seu marido, exatamente quatro anos antes. O neto que desaparecera no jardim, exatamente como seu marido. E que, exatamente como seu marido, também saíra atrás de um tesouro.

De nada adiantara revirar o jardim de uma ponta a outra, vasculhar todos os cantos da casa, gritar seu nome por todas as colinas vizinhas. Ela não encontrara nenhuma pista de seu pequeno Arthur.

Para ela só havia uma resposta: a culpa era dos extraterrestres! Aqueles homenzinhos verdes haviam descido do céu numa nave espacial e seqüestrado seu neto. Ela tinha quase certeza de que tinha sido isso. Como alguém não haveria de querer ficar com aquele menininho adorável, que ela gostava tanto de apertar nos braços o dia todo? Aquela cabecinha loura despenteada, com seus dois grandes olhos castanho-claros, que se arregalavam espantados com qualquer coisa? Aquela vozinha de criança, tão suave e frágil como uma bolha de sabão? Arthur era o mais belo de todos os tesouros, e sem ele sua avó estava desamparada. Ela não conseguiu conter a lágrima que deslizou por uma das faces.

Diante de uma tristeza tão profunda, até a vergonha de chorar desaparecia. Ela olhou para o céu sem nuvens através da janela. O azul celeste imaculado estava desesperadamente vazio, e não havia o menor indício de extraterrestres.

Vovó deu um longo suspiro e, aos poucos, voltou à realidade. Olhou ao redor, para aquela casa muda e incapaz de lhe fornecer qualquer informação.

– Como fui adormecer? – perguntou-se, esfregando os olhos.

Ainda bem que o falcão a acordara. Mas o objetivo da jovem ave de rapina não havia sido apenas esse, pois seguiu-se outro grito.

Vovó aguçou os ouvidos. Ela estava preparada para aceitar tudo como um sinal do destino, uma ponta de esperança.

Com olhar afiado e audição apurada, o falcão certamente vira, ou ouvira, algo. Vovó tinha certeza disso. Aliás, ela não estava completamente errada. A ave de rapina estava de fato enviando sinais para avisar não se sabe quem. O falcão vira e ouvira alguma coisa antes mesmo que uma pessoa pudesse percebê-la na linha do horizonte.

Essa coisa era um automóvel. Ele vinha acompanhado por uma auréola de poeira que o sol se divertia em fazer brilhar. Ainda não se escutava barulho de motor.

Sempre empoleirado no alto da chaminé, o falcão examinou o automóvel como se estivesse equipado com um radar.

No sofá, vovó aprumou o corpo suavemente. Entretanto, por mais que aguçasse os ouvidos, ela não conseguia ouvir nem um som. Ou muito pouco. Um rumor distante, talvez.

O falcão piou duas vezes, como se estivesse contando quantas pessoas havia dentro do carro.

Apesar da brisa suave que parecia querer levá-lo para longe, o barulho surdo e desagradável do motor tornou-se, então, audível.

Foi quando o falcão decidiu ir embora, o que era mau sinal. Ele via e ouvia tudo antes de qualquer um. Será que também pressentira o desastre que se aproximava da casa de forma implacável?

O automóvel desapareceu atrás de um monte, que era pequeno demais para ser considerado uma colina e grande demais para ser chamado de meia-laranja.

Vovó pigarreou, como se quisesse quebrar o silêncio de chumbo. O barulho que ela tivera a impressão de ouvir desaparecera outra vez.

Ela virou a cabeça devagar como se gira uma antena parabólica quando se quer captar melhor o sinal. A grelha do radiador do automóvel reapareceu detrás de uma moita, exibindo seus velhos cromados. O barulho do motor inundou imediatamente a propriedade, e as árvores ecoaram um trepidar horroroso.

Assustada, vovó ficou de pé. Ela não tinha mais dúvidas: o falcão certamente lhe enviara um sinal. Arrumou os cabelos, ajeitou o vestido, alisou a capa do sofá mais uma vez e, muito nervosa, começou a procurar as pantufas.

O ruído do automóvel parecia invadir a sala, e o saibro em que as rodas tocavam dava a impressão de que uma engenhoca acabara de aterrissar na frente da casa.

Vovó desistiu de procurar o segundo pé da pantufa e caminhou até a porta arrastando o pé calçado, o que lhe dava o andar claudicante de um velho pirata de perna de pau.

Para seu alívio, o motor parou.

A porta do automóvel guinchou como uma velha doninha, e um par de sapatos de couro gasto pisou no saibro, o que não indicava boa coisa. O falcão fizera muito bem em partir.

Vovó conseguira chegar à porta da entrada e lutava com a chave.

– Com mil diabretes, por que fui trancar a porta? –, perguntou-se com um resmungo e de cabeça baixa, sem perceber as duas silhuetas que o sol delineava atrás do vidro.

A chave resistiu um pouco, mas acabou girando na fechadura e abrindo a porta.

Vovó ficou tão surpresa que não pôde evitar um gritinho, certamente de horror. No entanto, o casal sorridente parado na soleira da porta não tinha nada de horrível, exceto pelo péssimo gosto: a mulher usava um vestido florido com motivos de fúcsias e o homem exibia um paletó quadriculado em tons verdes de titica de galinha.

É verdade que o conjunto chegava a doer nos olhos, mas não era motivo para gritar. Vovó prendeu o segundo grito na garganta e tentou transformá-lo em um relincho acolhedor.

– Surpresa! – cantarolou o casal num dueto perfeito.

Vovó afastou um pouco os braços e fez o impossível para abrir um sorriso, que devia parecer o mais natural possível. Enquanto a boca dizia 'bom-dia', os olhos gritavam 'socorro!'.

– E que surpresa! Mas isso é o que eu chamo de surpresa! – acabou dizendo para os pais de Arthur, que, parados diante dela, eram tão reais como um pesadelo.

Vovó continuou sorrindo enquanto bloqueava a porta com o corpo igual a um goleiro. Como ela não saía do lugar e limitava-se a sorrir feito boba, o pai fez a pergunta que ela mais temia:

– Onde está Arthur? – perguntou ele alegremente, sem duvidar da resposta nem por um instante.

Vovó sorriu ainda mais, como se esse sorriso bastasse como resposta e ela não fosse obrigada a mentir. Mas o pai de Arthur, que era tolo demais para entender a sutileza, continuou aguardando uma resposta.

Vovó recuperou o fôlego e respondeu com outra pergunta:
– Fizeram boa viagem?

Essa não era de fato a resposta que ele esperava, mas, como excelente motorista, engatou uma segunda marcha e começou a falar da viagem:

– Pegamos as estradas que passam pelo lado oeste. São mais estreitas, mas, segundo meus cálculos, ganhamos 42 quilômetros. O que dá, com o litro da gasolina a...

– O que deu uma curva a cada três segundos durante duas horas seguidas! – intrometeu-se a mãe de Arthur. – Foi uma viagem horrível, e eu agradeço aos céus por Arthur não ter precisado passar por um sofrimento desses. – E acrescentou: – Por falar em Arthur, onde está ele?

– Quem? – perguntou vovó, como se estivesse ouvindo vozes.

– Arthur. Meu filho – respondeu a mãe um pouco inquieta, não pelo filho, mas pelo estado mental da mãe. Talvez fosse o calor...

– Aaah! Arthur! Ele vai ficar muito contente de ver vocês – exclamou vovó.

Os pais entreolharam-se, perguntando-se se a velha não ensurdecera de vez.

— On-de-es-tá-Ar-thur? — articulou lentamente o pai, como se estivesse pedindo informações a um camponês tibetano.

Vovó sorriu ainda mais e meneou a cabeça afirmativamente.

Como a resposta não convenceu ninguém, ela foi obrigada, afinal, a dizer alguma coisa.

— Ele está... ele está com o cachorro.

Era quase uma mentira, mas a resposta pareceu satisfazer o jovem casal, que se acalmou.

Foi esse o momento exato que Alfredo escolheu para aparecer abanando o rabo e destruir o álibi perfeito da avó com uma única tacada. Vovó viu seu sorriso desbotar como uma velha pintura nos olhos dos pais de Arthur.

— Onde está Arthur? — tornou a perguntar a mãe, em um tom de voz bem mais firme.

Vovó sentiu vontade de estrangular Alfredo por ter arruinado seu jogo, porém limitou-se a fuzilá-lo com os olhos.

O rabo de Alfredo foi diminuindo de velocidade. Ele sentira que devia ter feito alguma bobagem e se confessava culpado antes que o acusassem.

— Estavam brincando de esconder, não é? — perguntou vovó para o cachorro, que fez de conta que sim. — Esses dois adoram brincar de esconde-esconde. Eles brincam de esconde-esconde durante dias e dias! Arthur se esconde e...

— ... e é o cachorro que bate cara? — completou o pai, perguntando-se se a sogra não estaria zombando dele.

— Mas é isso mesmo! Alfredo conta até cem e depois vai procurar Arthur!

Não se dizem absurdos como esse, muito menos com uma convicção inabalável.

Os pais entreolharam-se de novo. Eles realmente estavam ficando muito preocupados. Aquele comportamento cheirava a asilo.

– E... por acaso você sabe onde Arthur costuma se esconder? – perguntou o pai gentilmente para não a confundir ainda mais.

Vovó balançou a cabeça de modo enérgico, o que correspondia a um sim honesto e firme.

– No jardim!

Nunca uma mentira estivera tão próxima da verdade.

capítulo 2

Ali, bem no fundo do jardim, deslizando pelas imensas folhas de grama e acompanhando a galeria de formigas que mergulhava nas entranhas da terra, lá onde nascem as raízes das árvores ficava uma das bases de um antigo muro construído pelas mãos dos homens.

Nesse muro erodido pelo tempo havia uma pequena fenda entre as pedras. No entanto, se você tivesse apenas dois milímetros de altura, a fenda deixaria de ser pequena e se transformaria naquele desfiladeiro impressionante em cuja borda nossos três heróis caminhavam.

Selenia, como sempre, ia na dianteira. A princesa, que parecia não ter perdido nem um pouco do vigor, dava a impressão de que todos os seus pensamentos estavam voltados para sua missão. Ela ignorava completamente o vazio absoluto que margeava o caminho e seguia ao longo da trilha como se estivesse passeando por uma grande avenida.

Atrás dela, mas nunca muito distante, vinha Arthur, sempre fascinado com tudo aquilo que estava lhe acontecendo. Ele, que algumas horas antes se sentira complexado por medir apenas um metro e trinta centímetros de altura, agora se orgulhava de seus dois milímetros e agradecia aos céus todos os segundos daquela aventura que tanto o enriquecera e que fortalecera seus músculos dos pés à cabeça.

O menino respirou profundamente, como se quisesse aproveitar melhor aquele instante. Ou talvez fosse apenas para inflar um pouco mais o peito. Assim como alguns animais costumam fazer na época de acasalamento. Nem é preciso dizer que Arthur olhava mais para Selenia do que para o abismo.

Mas também não podemos deixar de mencionar que a moça era bonita, que tinha o corpo de uma deusa, o caráter de um porco-espinho, o olhar de uma pantera e o sorriso de uma criança. Mesmo de costas ninguém duvidava de que era uma princesa. Tudo isso transparecia no olhar de Arthur, que a seguia como se fosse Alfredo, seu cachorro.

Betamecha estava um pouco mais atrás, como se o fato de ser o último da fila fizesse parte de suas funções. Sua mochila continuava entulhada de mil coisas que não serviam para nada, exceto, talvez, para fazer peso e evitar que saísse voando pelos ares.

– Anda mais depressa, Betamecha! Não podemos perder tempo! – advertiu-o a irmã com seu mau humor habitual quando se tratava dele.

Betamecha sacudiu a cabeça em sinal de insatisfação, soltou um longo suspiro e reclamou:

– Eu não agüento mais carregar essas coisas!

– E quem mandou você trazer a metade da aldeia? – respondeu a princesa, sempre implicante.

– A gente não podia se revezar? Assim eu descansaria um pouquinho e vocês iriam mais depressa – propôs o irmão com a esperteza de um chimpanzé.

Selenia se deteve, olhou para o irmão e disse:

– Você tem razão. Assim ganharemos tempo. Me dê a mochila.

Feliz da vida, Betamecha tirou a mochila das costas e entregou-a para a irmã, que com um gesto seco a atirou no abismo.

– Pronto. Agora você se cansa menos e nós não perdemos mais tempo – asseverou a princesa. – Vamos!

Horrorizado, Betamecha observou sua mochila desaparecer no precipício sem fundo. Ele não conseguia acreditar no que seus olhos viam. Seu queixo teria se soltado se não houvesse um pequeno músculo próprio para esse fim.

Arthur não se intrometeu na conversa. Ele não tinha a menor intenção de se meter naquela briga de família, tanto que, de repente, ficou muito interessado em contar os cristais incrustados em uma das paredes do rochedo.

Betamecha fervilhava de raiva. Sua boca estava cheia de insultos pedindo para escapulir.

– Você não passa de uma... uma pestinha! – limitou-se em gritar.

Selenia sorriu.

– Essa pestinha tem uma missão a cumprir que não permite nenhum atraso, e se meu ritmo não lhe agrada, volte para casa.

Você poderá contar suas façanhas para o rei e se deixar mimar por ele.

– Ele pelo menos tem um coração! – revidou Betamecha, seguindo-a de longe.

– Então aproveite, porque o próximo rei não terá nenhum.

– Quem será o próximo rei? – perguntou Arthur timidamente.

– O próximo rei sou eu! – respondeu Selenia, erguendo o queixo, orgulhosa.

Arthur começava a entender um pouco melhor a questão do futuro rei dos minimoys, mas queria saber mais.

– É por isso que você precisa se casar daqui a dois dias? – perguntou, sempre muito tímido.

– É. Eu preciso escolher o príncipe *antes* de assumir minhas funções de rainha. É assim. É a regra – respondeu Selenia, acelerando o passo para evitar mais perguntas.

Arthur suspirou. Se ao menos tivesse mais tempo... Tempo para descobrir se aquele calorzinho que sentia no peito, e que muitas vezes subia até o rosto, podia ser considerado uma manifestação de amor... tal como as mãos, que ficavam suadas sem nenhum motivo aparente, e a pequena febre que ardia em sua testa...

O tempo para entender a palavra 'amor'. Uma palavra grande demais para ele. Tão grande que ele não sabia por onde começar.

Ele amava sua avó, amava seu cachorro, amava seu carro, mas não tinha coragem de dizer a Selenia que a amava. Aliás, bastou que pensasse nessa possibilidade para que seu rosto ficasse todo vermelho.

– Você está se sentindo bem? – perguntou a princesa, achando graça no rosto corado de Arthur.

– Estou! – balbuciou o menino, corando ainda mais. – É o calor. Aqui está fazendo muito calor.

Selenia sorriu. Ela sabia que era mentira. Sem parar de caminhar, arrancou uma das estalactites penduradas no teto do rochedo e entregou o pedaço de gelo para Arthur.

– Passe na testa, você se sentirá melhor.

Arthur agradeceu e apertou o pedaço de gelo contra a fronte.

Selenia sorriu ainda mais. Ela sabia perfeitamente que o calor que Arthur sentia não tinha nenhuma relação com a temperatura daquele abismo gelado sem fim, que devia estar quase abaixo de zero.

Mas as princesas de verdade são assim mesmo. Elas estão sempre prontas para se divertirem à custa dos sentimentos dos outros, porque os únicos sentimentos que contam são os delas próprias.

O pedaço de gelo derretera, e Arthur hesitava em pegar outro.

De repente sentiu um impulso motivado pelo orgulho ou pela coragem. Aproximou-se mais de Selenia para entabular uma conversa.

Será que o amor lhe daria asas?

– Selenia, posso fazer uma pergunta pessoal?

– Pergunte, só não sei se vou responder – retrucou a princesa maldosamente.

– Você precisa escolher um marido daqui a dois dias. Mas como é que, em mil anos, ainda não encontrou um que lhe agradasse?

– Uma princesa do meu nível merece um marido que seja extraordinário, inteligente, corajoso, arrojado, que cozinhe bem e goste de crianças... – começou a enumerar Selenia, no que foi interrompida pelo irmão.

– ... e que saiba arrumar a casa e lave os pratos enquanto madame faz a sesta – completou Betamecha, felicíssimo por ter conseguido frear o ímpeto incontrolável da irmã.

– ... uma pessoa fora do comum, que entenda e proteja sua mulher até contra as besteiras de alguns membros da família! – prosseguiu Selenia, fuzilando o irmão com os olhos.

A princesa continuou sonhando em voz alta:

– Claro que ele tem que ser bonito, mas também justo e leal, e ter o senso do dever e da responsabilidade. Ele precisa ser infalível, generoso e iluminado!

Seu olhar fixou-se nos olhos de Arthur. O menino estava arrasado. Cada adjetivo soara como uma martelada em sua cabeça.

– Nada desses homens fracos que se embriagam por qualquer motivo – acrescentou a princesa, como se quisesse acabar com ele de vez.

– Claro que não – respondeu Arthur, com as costas curvadas sob o peso da infelicidade.

Como podia ter imaginado, por um segundo que fosse, que ele tinha alguma chance? Ele, Arthur, que normalmente media um metro e trinta centímetros de altura e agora estava reduzido a apenas alguns milímetros. Ele, que tinha dez anos de idade, o que na vida de Selenia representava um segundo.

Ele não era nada daquilo que Selenia descrevera. Não era nem infalível nem iluminado, e, se tivesse que descrever a si próprio, certamente usaria os adjetivos baixinho, bobo e feio.

— Para uma princesa, não há nada mais importante do que a escolha do noivo. E o primeiro beijo é um momento importantíssimo — explicou Selenia. — Não tem nada a ver com o prazer normal de um primeiro beijo. Nesse caso, o beijo é muito mais simbólico, porque é durante esse primeiro beijo que a princesa transmite todos os seus poderes para o príncipe. Poderes imensos que lhe permitirão reinar ao lado dela, e todos os povos das Sete Terras deverão jurar fidelidade a ele.

Arthur, que ignorava completamente a importância desse primeiro beijo, começava a entender por que Selenia devia ser prudente e escolher bem seu futuro marido.

— Então é por isso que M., o Maldito, quer casar com você? Por causa dos poderes?

— Que nada! É por causa da beleza, da gentileza e, principalmente, do caráter afável dela — intrometeu-se sorrateiramente Betamecha.

Selenia nem se dignou a responder, limitando-se a encolher os ombros.

É verdade que essa princesinha, que trotava orgulhosa ao longo daquele abismo úmido e ignorava o medo e a vertigem, era bonita. Talvez até um pouco pretensiosa. Mas quem não o seria se tivesse olhos como aqueles?

Arthur a devorava com o olhar e estava pronto a perdoar todos os defeitos dela em troca de um sorriso, já que todo o resto lhe parecia inacessível. Ela era bonita demais, grande demais e princesa demais para se interessar por um rapazinho como ele. Ele sabia disso perfeitamente. No entanto, uma leve força, quem sabe vinda do coração, impulsionava-o, a todo momento, a agir e dar o melhor de si, como uma flor que fica à espera da chuva, até murchar.

— Eu jamais serei sua! — exclamou Selenia, como uma trovoada explodindo em um céu sem nuvens.

É claro que Arthur achou que ela estava falando dele. Abatido com a notícia, abaixou a cabeça.

Selenia deu um pequeno sorriso e esclareceu mais provocante do que nunca:

— Estou falando de M., o Maldito.

Arthur aprumou o corpo. Ele gostaria tanto de poder falar com ela sem sentir medo, dizer a ela tudo o que pensava, tudo o que sentia, fazer as mil e uma perguntas que queimavam em seus lábios. Mas de tanto reprimi-las, uma acabou escapando:

— Quando você escolher o seu... marido... como saberá a diferença entre aqueles que se apresentaram por causa dos seus poderes e aqueles que a amam... de verdade?

Havia tanta sinceridade na voz de Arthur que até uma bela princesa pretensiosa não conseguia permanecer insensível. E, talvez pela primeira vez, Selenia dignou-se a olhar para ele com uma ponta de ternura no fundo dos olhos. Era um olhar meigo e carinhoso, como algodão-doce cor-de-rosa, como uma pluma, como as primeiras palavras de uma canção de amor.

Arthur não agüentou olhar para ela mais do que três segundos. Algumas canções de amor embriagam e fazem a gente perder a cabeça.

Ele não queria sucumbir a elas. Não naquele instante.

Divertida com a perturbação do menino, Selenia tornou a sorrir.

– É muito fácil distinguir o verdadeiro do falso, saber se um pretendente é sincero ou se apenas foi atraído pelo fausto das vantagens e do poder. Eu tenho um teste para descobrir isso.

Selenia jogara a isca e observava Arthur girar em volta dela sem parar.

– Que... que tipo de teste? – perguntou Arthur finalmente, pronto a morder a isca.

– É um teste de confiança. O candidato que afirmar que ama sua prometida precisa confiar nela. Confiar cegamente nela e nele. Em geral, os homens têm dificuldade para aceitar essa condição – explicou Selenia, muito maliciosa.

Seu peixinho estava de boca aberta e impaciente para morder a isca.

– Selenia, você pode confiar em mim – afirmou Arthur, transbordando de sinceridade e caindo de boca na armadilha.

A princesinha sorriu. O peixinho estava preso na rede.

Ela se deteve e olhou para ele.

– É mesmo? – perguntou com os olhos amendoados fixos nele, que pareciam tão ameaçadores como os olhos de Ká, a serpente.

– Com certeza! – respondeu Arthur com uma honestidade a toda prova.

Selenia ampliou o sorriso.

– Isso é um pedido de casamento? – perguntou com uma pontinha de ironia.

Ela parecia um gato que se diverte com o desespero de um peixinho vermelho preso dentro de um aquário.

Aliás, Arthur estava tão vermelho como o peixinho.

– Bem... eu sei que ainda sou muito jovem – balbuciou –, mas salvei sua vida várias vezes e...

Selenia interrompeu-o bruscamente.

– Amar não significa proteger o que não queremos perder. Amar é dar tudo ao outro, até a própria vida, se for necessário, sem hesitar, sem refletir!

Arthur ficou perturbado. Para ele, o amor era algo grande e forte, mas cujos contornos ainda permaneciam indefinidos. O único efeito que ele conhecia dessa emoção era aquele calor incontrolável que percorria seu corpo como uma xícara de chocolate quente e que tinha o hábito desagradável de fazer seu coração bater mais forte e mais ligeiro.

Quando isso acontecia, ele precisava respirar mais rápido e, quanto mais respirava, mais a cabeça girava. Esse era o efeito que o amor tinha sobre ele, como um licor doce que o deixava tonto. Arthur ainda não entendera que o que estava em jogo era muito mais importante, e que ele poderia até morrer.

– Você estaria preparado para perder a vida? Por amor a mim? – perguntou Selenia para provocá-lo.

Arthur sentiu-se um pouco perdido. O aquário não tinha saída. Havia apenas uma parede de vidro lisa, e tudo o que ele podia fazer era nadar ao redor.

— Bem... se essa for a única maneira de provar meu amor... estaria sim — afirmou, porém sem saber exatamente o que aconteceria depois.

Selenia chegou mais perto dele e começou a andar em volta, como um rato ronda um pedaço de queijo.

— Pois muito bem. Vamos ver se você está dizendo a verdade. Recue!

Arthur refletiu: se dar um passo para a frente não representava nenhuma ameaça, dar outro para trás devia ser a mesma coisa. Ele recuou um pouco, muito feliz de ter passado pela primeira prova.

— Recue mais — ordenou Selenia, com um brilhozinho maldoso nos olhos.

Arthur olhou rápido para Betamecha, que revirou os olhos e suspirou. Ele nunca achara muita graça nas brincadeiras da irmã. Principalmente naquela, que ele conhecia de cor e salteado.

Arthur hesitou um pouco e então deu um grande passo para trás.

— Mais!

Arthur espiou atrás do ombro pelo canto dos olhos e viu o abismo, o mesmo em cuja beirada eles caminhavam fazia horas. O desfiladeiro era impressionante e tão profundo que desaparecia na total escuridão.

Arthur entendeu o teste. Ele não tinha nenhuma semelhança com a corrida de obstáculos tradicional.

Mas o menino precisava dar provas de coragem, e assim retrocedeu outro passo até sentir os calcanhares tocarem a beira do precipício.

Para testemunhar sua satisfação, Selenia abriu outro grande sorriso.

"Como esse peixinho é obediente", parecia pensar.

Mas a prova ainda não terminara.

– Eu mandei você recuar. Por que parou? Perdeu a confiança?

Um pouco confuso, Arthur não conseguia fazer a ligação entre amor e confiança, pois um passo para trás e o abismo o aguardava. De repente, lamentou todas as horas que passara meio sonolento durante as aulas de matemática. Se tivesse estudado mais, talvez hoje conseguisse resolver essa equação, que parecia insolúvel.

– Não confia em mim? – insistiu Selenia, felicíssima em poder testar os limites do amor e comprovar sua teoria.

– Confio! Eu confio em você!

– Então por que parou? – repetiu a princesa, muito provocante e segura de si.

Arthur pensou, até que afinal encontrou uma resposta.

Enrijeceu o corpo lentamente, encheu os pequenos pulmões de ar e fitou Selenia nos olhos.

– Eu parei para... para me despedir de você – comunicou em um tom de voz solene.

Selenia continuou sorrindo, mas uma centelha de pânico iluminou seus olhos.

Betamecha entendera imediatamente.

Aquele pobre garoto, honesto e íntegro demais para jogar o jogo perverso da irmã, iria cometer um ato irreparável.

– Arthur! Não faça isso! – gritou o principezinho, que, de tão preocupado que estava, não esboçou nenhum gesto na direção de Arthur para impedi-lo de cometer uma loucura.

– Adeus! – despediu-se Arthur mais teatral do que a grande atriz francesa Sarah Bernhardt.

O sorriso de Selenia ruiu como um castelo de cartas que conseguira permanecer em equilíbrio até a última carta. O que não passava de uma brincadeira se transformara em um pesadelo.

Arthur deu um grande passo para trás. Selenia deu outro.

– Não! – gritou apavorada.

Ela cobriu o rosto com as duas mãos, enquanto Arthur desaparecia engolido pelo abismo sem fim.

Selenia soltou um grito de desespero. Ela virou de costas para não ver mais o abismo. As pernas ficaram bambas, e ela caiu ajoelhada no chão como se fosse rezar. Infelizmente era tarde demais.

Louca de dor, com o rosto banhado de lágrimas escondido entre as mãos, ela não entendia o que acabara de acontecer.

– Com um teste desses você certamente não corre o risco de se casar – ralhou Betamecha, que não sabia se ficava zangado ou desesperado.

Mas, enquanto Selenia chorava todas as lágrimas contidas em seu corpo, mantendo os olhos fechados grudados nas palmas das mãos, de repente Arthur surgiu no espaço, como se estivesse saltando em cima de uma cama elástica.

Ele parecia estar em uma posição sobre a qual não tinha muito controle. Mesmo assim, conseguiu colocar um dedo sobre os lábios e indicar a Betamecha para ficar quieto.

Passado o espanto, o principezinho resolveu participar da brincadeira e, antes que Arthur desaparecesse outra vez, fez um sinal para mostrar que não abriria a boca.

Mergulhada na infelicidade, Selenia não percebera nada.

– De tanto brincar com fogo a gente acaba se queimando – comentou Betamecha, mais moralista do que nunca.

A irmã concordou, fazendo que sim com a cabeça. Ela estava pronta a aceitar sem pestanejar todas as acusações dos erros e males que causara. Betamecha não cabia em si de contentamento. Pela primeira vez, ele tinha a oportunidade de castigar um pouco a irmã e não se privaria de cutucar a ferida onde ela doía mais.

– Como você chamaria uma princesa que deixa seu pretendente mais devotado morrer desse jeito?

– Uma pestinha egoísta e convencida! – respondeu Selenia com uma sinceridade comovente. – Como fui capaz de fazer isso? Como pude ser tão estúpida e má? Eu me considero uma princesa e me comporto como a última das vilãs! Eu não mereço nem meu nome nem meu título! E nenhum castigo do mundo será capaz de consertar meu erro!

– Realmente, isso é impossível – concordou Betamecha, enquanto Arthur reaparecia em uma posição ainda mais esquisita.

– Eu sou só orgulho e crueldade – soluçou a princesa. – Eu achava que ele não era digno de mim, quando sou eu quem não sou digna dele. Meu coração o havia escolhido, mas minha cabeça o sacrificou.

– É mesmo? E quando foi que isso aconteceu? – perguntou muito interessado Betamecha, aproveitando-se do desespero da irmã.

— Meu coração palpitou por ele desde o primeiro momento em que o vi — confessou Selenia entre dois soluços. — Ele era uma gracinha, com aqueles dois grandes olhos castanhos e aquele ar sonhador. A gentileza e a beleza iluminavam seu rosto, e sua silhueta fina e frágil transpirava nobreza. Sem saber, ele já tinha o porte de um príncipe. Um porte gracioso, um andar leve...

Arthur deu outro salto, dessa vez em uma posição tão complicada que contradizia tudo o que Selenia acabara de dizer. Ele lembrava uma marionete desarticulada submetida aos caprichos do vácuo.

— Ele era bondoso, brilhante, maravilhoso — prosseguiu, sem poupar elogios ao namorado desaparecido.

— Encantador? — perguntou Arthur no meio de outra cambalhota.

— O príncipe mais encantador de todos os príncipes que as Sete Terras jamais viram. Ele era charmoso, batalhador...

Selenia calou de repente. De onde viera aquele pergunta sorrateira e aquela vozinha que ela não ousava reconhecer? Voltou-se e deparou com Arthur, que controlava cada vez menos suas cambalhotas e reaparecera de cabeça para baixo.

— E que mais? — perguntou ele de passagem, fascinado com todos aqueles elogios.

A raiva começou a ferver instantaneamente na cabeça de Selenia. Ela parecia uma panela de pressão prestes a assobiar a qualquer momento. No entanto, seu rosto contorcido não espelhava apenas raiva mas também certa vergonha por ter revelado em tão pouco tempo todos os seus sentimentos.

A cólera endureceu tanto sua mandíbula que ela nem conseguia insultá-lo.

– E... um grande tagarela! – gritou com tanta força que Arthur virou de cabeça para cima e tornou a desaparecer.

Selenia aproximou-se da borda do abismo para ver que truque era aquele e descobriu que Arthur saltava em cima de uma teia gigantesca que uma aranha tecera de um lado a outro do precipício, cobrindo todo o fundo do abismo.

Na realidade, ao saltar no abismo, Arthur não correra nenhum risco de morte, e sua despedida não passara de uma grande encenação.

Selenia, porém, havia detestado a peça de teatro, e aquele polichinelo pagaria por suas travessuras. A princesa desembainhou a espada e aguardou até Arthur reaparecer para que ela pudesse se vingar.

– Você é a pessoa mais manipuladora que eu já conheci em toda a minha vida – afirmou entre dois golpes de espada, que Arthur conseguiu evitar a tempo. – Você vai ver o que acontece quando se brinca com os sentimentos de uma princesa!

– Selenia, se todos aqueles que amam você precisam se matar para provar isso, você nunca vai encontrar um marido – respondeu Arthur, com muito bom senso.

– Ele tem razão – intrometeu-se Betamecha, sempre disposto a jogar mais lenha na fogueira.

Selenia voltou-se e, com um único golpe da espada, cortou os três fios de cabelo rebeldes que se espichavam no topo da cabeça do irmão.

– Você foi cúmplice dele desde o início! Você não é um irmão de verdade! Aliás, eu tenho minhas dúvidas se você é mesmo meu irmão – revidou Selenia furiosa.

Os dois começaram a implicar um com o outro, enquanto Arthur, que começava a dominar os saltos e parecia cada vez mais à vontade no seu trampolim, morria de rir.

A teia de aranha resistia perfeitamente, porém em um dos lados havia um fio que se esticava um pouquinho a cada salto que Arthur dava. Essas pequenas vibrações regulares seguiam ao longo do fio, que acompanhava a parede até chegar a uma espécie de caverna. E então o fio desaparecia na escuridão da gruta. Uma escuridão muito mais densa do que a do abismo, e muito mais preocupante também.

Mas, como a curiosidade é mais forte do que a preocupação, não puderam evitar de penetrar naquela gruta úmida, avançar na escuridão e acompanhar o fio que vibrava e que certamente levava a algum lugar.

Pouco depois, distinguiram duas formas no meio daquele breu.

Dois olhos. Vermelhos. Sanguinolentos.

Mas isso não impedia que Arthur continuasse rindo às gargalhadas. Por enquanto, a ameaça ainda estava muito distante.

– Por favor, Selenia! Me perdoe! – implorou durante um novo salto. – Eu sabia que havia uma teia de aranha lá embaixo, mas mesmo assim fiz tudo o que você me pediu. A teia foi apenas um esteio da minha boa estrela.

Selenia não estava mais a fim de brincadeiras, nem de jogos de palavras. Ela estava mais inclinada a dar uma boa bofetada naquele insolente e castigá-lo.

Mas o castigo veio a cavalo e, dessa vez, por puro infortúnio. Arthur acabou se enrolando na teia de aranha e não conseguia mais se soltar. As piruetas haviam terminado. Uma das pernas estava presa entre os fios.

Como conseqüência, a vibração da teia também mudou de qualidade, e a nova mensagem percorreu o fio até chegar à gruta.

A notícia pareceu agradar aos dois olhos vermelhos que moravam ali, e a aranha começou a andar até sair da escuridão.

Se você mede apenas dois milímetros de altura, vê a vida sob outro prisma, e o que antes não passava de uma aranhazinha simpática se transforma em um verdadeiro tanque de guerra de oito patas, peludo como um mamute. E, considerando o barulho que o tanque de guerra fazia cada vez que apoiava uma das patas no chão, ficava bem claro que ela não estava ali para fazer bilu-bilu no queixo de ninguém.

O animal esticou para os lados a cabeça coberta de pêlos pontudos.

Em língua de aranha, aquilo era conhecido como um sorriso.

À medida que ela avançava em sua teia, as poderosas fiandeiras entravam mais em ação e teciam o fio.

capítulo 3

Arthur estava encontrando muita dificuldade para soltar-se daquela armadilha. Os fios da teia estavam cobertos de uma substância pegajosa, o que não facilitava as coisas, e ele se emaranhava cada vez mais.

– Selenia! Estou todo enrolado! – gritou Arthur bem alto para que a voz alcançasse o topo do precipício.

– Ora, então fique aí enrolado! Isso vai servir de lição – respondeu a princesa, contentíssima por poder vingar-se dele finalmente. – Assim você terá todo o tempo do mundo para meditar sobre seus atos.

– Mas eu não fiz nada! – defendeu-se Arthur. – Eu só fiz o que você mandou e tive um pouco de sorte, mais nada. Não fique zangada comigo por causa disso. Eu gostei muito das coisas que você falou a meu respeito.

Selenia enfureceu-se outra vez e bateu o pé no chão.

– Eu não acredito numa palavra do que eu disse – replicou.

– Ah, é? Então por que disse? Quer dizer que agora você não acredita mais no que falou naquela hora? – intrometeu-se Betamecha, sempre pronto para criar uma confusão.

– Não, sempre digo o que penso – balbuciou Selenia –, mas dessa vez foi diferente. Eu me deixei levar pelo remorso e pelo sentimento de culpa. Então falei qualquer coisa para aliviar minha consciência.

– Quer dizer que você mentiu? – insistiu Betamecha.

– Não! Eu nunca minto! – respondeu Selenia, cada vez mais encurralada. – E agora chega! Deixem-me em paz! – exclamou.

Mas logo em seguida mudou de idéia:

– Ok, eu não sou perfeita! Satisfeitos?

– Eu estou – afirmou Betamecha, satisfeitíssimo com a confissão da irmã.

– Pois eu não estou nem um pouco – disse Arthur, que acabara de ver a aranha.

Embora o animal fosse impressionante, não foi o tamanho nem a atitude ameaçadora que fez Arthur começar a ficar assustado, mas o rumo que a aranha estava tomando. Ela vinha direto na direção dele e certamente não era para dizer bom-dia, mas para despedir-se dele para sempre.

– Você está reclamando do quê? – perguntou Selenia, debruçando-se sobre Arthur. – Você por acaso se considera perfeito?

– De jeito nenhum! Muito pelo contrário, eu me sinto pequenino, encurralado e indefeso. E precisando muito de ajuda – respondeu o menino, começando a entrar em pânico.

– Isso é o que eu chamo de uma bela confissão. Um pouco tardia talvez, mas agradável de ouvir – elogiou-o a princesa.

A aranha continuava seu caminho, percorrendo o fio que a conduzia direto até Arthur.

– Selenia! Socorro! Uma aranha gigantesca está vindo para cá! – gritou o menino apavorado.

Selenia olhou para a aranha, que realmente parecia preparar-se para devorá-lo.

– Mas... o tamanho dela é normal. Você sempre precisa exagerar as coisas – respondeu a princesa, que não ficara nem um pouco impressionada.

– Selenia! Me ajuda! Ela vai me engolir! – gritou Arthur, que agora estava completamente histérico.

Selenia ajoelhou-se e curvou-se um pouco para a frente como se quisesse ter uma conversa com ele ao pé do ouvido.

– Eu teria preferido se você morresse de vergonha, mas... pensando bem... ser devorado por uma aranha até que não é tão ruim assim – disse com uma ponta de humor que ela parecia ser a única a apreciar.

Levantou, sorriu para ele e fez um gesto de despedida com a mão.

– Adeus – disse despreocupadamente e desapareceu.

Fragilizado, petrificado e abandonado, Arthur estava à mercê do monstro. Ou seja, ele já estava morto. Se a aranha tivesse beiços, ela os teria lambido com prazer.

– Selenia! Não me abandone! Por favor! Eu juro pelas Sete Terras e pela minha terra que nunca mais zombarei de você! – suplicou Arthur.

Mas suas preces não foram atendidas.

Na beira do abismo, onde Selenia aparecera pouco antes, não havia mais ninguém. Ela partira. Para sempre.

Arthur estava desesperado. Ele iria morrer devorado por aquele inferno peludo de oito patas só porque brincara com os sentimentos de uma princesa. Ele podia debater-se o quanto quisesse, de nada adiantava. Era até pior. Cada gesto o grudava e o enrolava cada vez mais, e de tanto movimentar-se para todos os lados ele acabou ficando sem forças. Arthur estava amarrado como uma carne assada pronta para ser colocada dentro do forno. Uma bela carne assada que faria a alegria daquela terrível devoradora.

– Selenia! Por favor! Eu faço o que você quiser! – gritou em um último impulso de esperança.

A cabeça da princesa reapareceu imediatamente na borda, como um diabrete que salta de uma caixa. Ela estava bem em cima dele, mas de cabeça para baixo.

– Promete que nunca mais zombará de Sua Alteza, a princesa? – perguntou muito ardilosa.

Arthur estava tão desesperado que não estava em posição de pechinchar.

– Eu prometo! Eu juro! Agora me tira daqui! Anda logo!

Selenia parecia não ter nenhuma pressa em desembainhar a espada.

– Promete a quem? – perguntou bem devagar, como se quisesse prolongar o prazer de tê-lo a sua mercê.

– Eu prometo, Vossa Alteza! – respondeu Arthur, que queria acabar logo com aquilo.

– Vossa Alteza o quê...?

— Eu prometo, Vossa Alteza Real!

Arthur gritou com tanta força que a despenteou toda.

Selenia hesitou um momento, pensando se devia puni-lo por essa nova afronta, mas mudou de idéia e, sempre graciosa, ajeitou o cabelo com a mão.

— Negócio fechado! — respondeu, empinando o queixo como só as princesas sabem fazer.

A aranha estava bem em cima deles com a boca escancarada, babando.

Arthur teria berrado, mas ele estava tão paralisado de pavor que, quando abriu a boca, não conseguiu emitir nem um pio.

Selenia levantou-se, rodopiou e deu uma bela bofetada na aranha.

Completamente zonza, a aranha ficou paralisada. Depois, sacudiu um pouco a cabeça e ouviu a quelícera fazer um barulho estranho.

A princesa batera de fato com muita força, e a aranha estava com a impressão de ser uma máquina com alguns parafusos soltos.

Selenia fitou-a bem nos olhos.

— Pára de comer qualquer porcaria, garota, você vai acabar com dor de barriga — ralhou a princesa com uma firmeza que deixou a aranha sem ação.

Aliás, a aranha não era a única que estava estática.

Arthur continuava boquiaberto. Ele não conseguia acreditar no que presenciara: Selenia acabara de passar um sermão a uma aranha.

Apenas algumas horas atrás ele teria achado essa idéia muito extravagante, e, se sua mãe a ouvisse, ela certamente o teria feito engolir duas aspirinas e mandado o filho para a cama.

Selenia estalou os dedos para chamar a atenção de Betamecha, que estava sentado de cócoras em cima de um pequeno rochedo.

– Betamecha! Guloseima! – ordenou.

Betamecha imediatamente vasculhou os bolsos até encontrar um pirulito embrulhado em um papel maravilhoso feito de pétalas de rosas. Ele jogou o pirulito para a irmã, que o agarrou no ar com uma das mãos e o desembrulhou com a outra. O pirulito inflou como um *air bag* depois de uma batida de carro e ficou gigantesco.

– Toma, come. Você vai adorar! – prometeu Selenia enfiando a grande bola cor-de-rosa dentro da boca da aranha.

O animal ficou tão imóvel como uma criança que experimenta o bico da mamadeira pela primeira vez. Sem saber o que fazer com aquilo, ela espiou com olhos vesgos para o cabo do pirulito que despontava da boca.

– Pode comer. É de framboesa – insistiu Selenia.

Ao ouvir a palavra framboesa, a aranha não pensou duas vezes e começou a chupar o pirulito.

Seus olhos passaram do vermelho-sangue para o rosa-pálido cor de framboesa e se alongaram como duas amêndoas.

Selenia sorriu.

– Boa menina – disse antes de voltar para seu assunto principal, que continuava amarrado como um cabrito no espeto.

Ela desembainhou a espada e cortou todos os fios de uma vez.

– Você salvou a minha vida, e eu salvei a sua. Estamos quites – proclamou, como se anunciasse o resultado de um concurso.

– Você não salvou nada! – revoltou-se Arthur. – Você sempre soube que eu não corria nenhum perigo de morte. Você só me deixou de molho para que eu ficasse prometendo coisas a você.

– Mas você também sabia que não corria nenhum risco. Quando você recuou pela primeira vez e olhou para trás, você viu a teia de aranha que interromperia a queda. Mas o senhor quis dar uma de esperto e acabou caindo na própria armadilha – revidou Selenia com um tom de voz mais alto.

– E madame fica brincando de princesa de ferro e assim que perde seu boneco inútil chora como uma Maria Madalena arrependida – replicou Arthur bastante irritado.

– Olhem, vocês dois até que dariam um belo casal – comentou Betamecha brincando. – Certamente não correrão o risco de morrer de tédio durante as longas noites de inverno.

– Não se meta! – gritaram Selenia e Arthur ao mesmo tempo.

– Você fingiu que ia morrer por mim, mas em vez disso debochou de mim. Você não passa de um grande mentiroso – acrescentou a princesa, exasperada.

– E você? Você não passa de uma espécie de...

Selenia interrompeu-o:

– Já esqueceu a promessa que acabou de fazer?

Arthur fez uma careta e contorceu-se todo como um verme. Outro tipo de armadilha começava a fechar-se sobre ele.

– Eu só prometi porque você estava me ameaçando e porque... eu estava com medo – defendeu-se.

– Mas não deixa de ser uma promessa, ou não? – insistiu Selenia.

– É verdade – acabou admitindo Arthur a contragosto.

– É verdade o quê? – insistiu Selenia, para lembrar os termos da promessa.

Arthur suspirou profundamente.

– É verdade, Vossa Alteza Real – respondeu, olhando para a ponta dos sapatos.

– Já não era sem tempo – alegrou-se a princesa.

Em seguida, ela escalou a pata dianteira da aranha e montou no animal.

– Vamos, venham! – ordenou para seus dois servos.

Betamecha saltou da pedra e também subiu pela pata da aranha até chegar ao topo.

Muito contente de afinal poder viajar em um veículo confortável, sentou-se atrás da irmã. O pêlo grosso permitia que ele se aconchegasse em seu assento como um califa nos seus travesseiros de seda.

– Então? Está esperando o quê? – perguntou Betamecha para Arthur, que, muito impressionado com tudo que estava presenciando, continuava no mesmo lugar.

Cinco minutos antes, ele quase fora devorado por uma aranha gigantesca, e agora o mesmo monstro peludo ia se transformar em um camelo.

Uma princesa que dava bofetadas sem pestanejar e um pirulito inflável foram suficientes para que o animal se derretesse todo como um sorvete. Até Alice, habituada com o País das Maravilhas, teria tido uma crise de nervos.

– Anda logo! Já perdemos muito tempo – reclamou Selenia. – Ou você prefere correr atrás da gente como o fiel Milu corre atrás do Tim Tim?

Embora Arthur não tivesse a menor idéia de quem fosse Milu nem Tim Tim, ele imaginava perfeitamente o tipo de animal doméstico que correria docilmente ao lado de um carro.

Agarrou sua coragem com as duas mãos, isto é, agarrou a pata peluda dianteira da aranha com as mãos e começou a subir pelos pêlos daquele poste que parecia não terminar nunca, até conseguir acomodar-se atrás de Betamecha.

– Anda, garota! – gritou Selenia, batendo os calcanhares com força nos flancos da aranha.

A aranha começou a caminhar pela borda do precipício exatamente como o faria um iaque domesticado pelos vales do Himalaia.

capítulo 4

— Como assim, desapareceu? – exclamou a mãe de Arthur, deixando-se cair sentada em cima do sofá da sala.

Seu marido sentou-se ao lado dela e passou um braço em volta dos ombros da esposa.

Vovó enroscava as mãos como um aluno que mostra um péssimo boletim aos pais.

— Não sei por onde começar... – murmurou a senhora idosa em uma confissão de culpa involuntária.

— Por que não começa do começo? – sugeriu muito sério o pai de Arthur.

Vovó pigarreou. Ela realmente não se sentia nada à vontade diante daquele público restrito.

— Bom, no primeiro dia o tempo estava ótimo. Aliás, tem feito um tempo ótimo ultimamente. Arthur resolveu ir pescar porque naquele dia a água do riacho estava mais quente do que de costume. Apanhamos as varas de pescar de Arquibaldo e partimos em uma aventura que, para dizer a verdade, terminava no final do jardim.

O casal de espectadores não mexia um músculo, o que só podia ser explicado de duas maneiras: ou eles estavam hipnotizados pelas aventuras pesqueiras de Arthur, ou horrorizados porque percebiam que a velha senhora simplesmente usava um truque baixo para ganhar tempo.

– Vocês nem imaginam quantos peixes o garoto é capaz de pescar em uma hora. Vamos, digam um número – propôs vovó com grande entusiasmo, porém o casal não estava nem um pouco disposto a brincadeiras.

Os pais entreolharam-se, perguntando-se não quantos peixes o filho querido teria pescado, mas por quanto tempo a avó ainda iria zombar deles.

– A senhora poderia pular essa parte da pescaria e das outras atividades e ir direto ao ponto e falar do dia em que nosso filho desapareceu? – pediu o pai de Arthur, cuja paciência tinha limites.

Cansada de tentar ganhar tempo e com a nítida sensação de que tudo aquilo era uma perda de tempo, vovó suspirou.

O neto desaparecera. Ela precisava aceitar essa realidade dolorosa.

Sentou-se na beiradinha da poltrona como se não quisesse incomodá-la, soltou outro suspiro, dessa vez mais profundo, e começou a contar com voz trêmula:

– Todas as noites eu lia para ele sobre a África dos livros e cadernos de anotações de Arquibaldo, ricos em ensinamentos. Suas narrativas também estão repletas de contos e lendas, como aquela sobre os bogos-matassalais e seus amiguinhos, os minimoys.

Falar do marido era sempre difícil. Nem o passar do tempo ajudava. Quatro anos haviam transcorrido desde que desaparecera, mas parecia ontem.

– E o que isso tem a ver com o desaparecimento de Arthur? – perguntou o pai de Arthur secamente, tentando arrancar vovó de suas divagações.

– Bem... havia uma história sobre os minimoys de que Arquibaldo e Arthur gostavam especialmente. Arthur estava convencido de que eles realmente existiam e que viviam no jardim.

Os pais olharam para ela como duas galinhas que esbarram subitamente com uma bola de tênis.

– No jardim? – repetiu o pai de Arthur para confirmar aquele absurdo.

Desconsolada, vovó fez que sim com a cabeça.

O pai de Arthur voltou à realidade, o que, considerando seu baixo quociente intelectual, demorou um pouco.

– Muito bem. Vamos fazer de conta que esses... esses minimoys vivem no jardim. Por que não? Mas o que isso tem a ver com o sumiço de Arthur? – perguntou bastante perdido com todas aquelas informações desencontradas.

– Foi então que Davido apareceu. Bem no meio do bolo de aniversário. Vocês sabem como Arthur entende as coisas rápido, não é mesmo? – enfatizou vovó, sempre pronta a elogiar o neto.

– Quem é esse Davido? E o que ele estava fazendo no meio do bolo? – perguntou o pai de Arthur, completamente perdido desta vez.

– É o proprietário. Ele quer tomar a casa de volta. A não ser que a compremos dele. Arthur entendeu imediatamente que eu estava com problemas de dinheiro e resolveu procurar o tesouro que Arquibaldo havia escondido – explicou a velha senhora.

– Que tesouro? – perguntou o genro, de repente muito interessado na história.

– Acho que eram uns rubis que ele ganhou de presente dos bogos-matassalais. Ele os escondeu em algum lugar no jardim.

– No jardim? – repetiu o pai de Arthur, que parecia lembrar-se apenas das partes que o interessavam.

– No jardim. Mas o jardim é grande, e Arthur queria encontrar os minimoys para que eles o levassem até o tesouro – respondeu vovó, para quem tudo aquilo era muito lógico.

O pai ficou paralisado como um cão de caça na frente de um coelho.

– A senhora por acaso tem uma pá? – perguntou finalmente, piscando os olhos e sorrindo como um predador.

Era quase de noite. O céu estava coberto de riscos azuis matizados como em um quadro do pintor Magritte.

O carro dos pais de Arthur ronronava estacionado a um canto, e os faróis acesos perfilavam dois feixes de luz amarela que iluminavam o jardim.

De vez em quando uma pá surgia de um buraco e lançava seu conteúdo para fora.

Depois, alternadamente, aparecia outra pá, menos rápida e menos cheia do que a primeira.

Vovó suspirou e sentou-se no alto da escada de frente para o jardim, que deixara de existir e que se assemelhava mais a um campo de batalha. Havia buracos por toda parte, como se uma toupeira gigantesca tivesse enlouquecido. Uma toupeira igual àquela que naquele instante espichou a cabeça para fora do buraco e deu um grito. A toupeira acabara de quebrar a pá.

Na verdade era o pai de Arthur, cujo rosto sujo de terra estava quase irreconhecível.

– Como posso trabalhar com um material podre desses? – reclamou, jogando o cabo da pá para longe.

Em um buraco vizinho, sua mulher também colocou a cabeça para fora. Ela parecia uma toupeira perfeita.

– Vamos, querido, acalme-se. Não adianta nada ficar irritado – disse tentando tranqüilizá-lo e esforçando-se para controlar as próprias palavras, quando teria feito melhor verificar o estado em que estavam suas roupas. O vestido estava um trapo, e uma das alças rasgara.

– Me dá sua pá! – pediu o marido, aborrecido.

Ele praticamente arrancou a ferramenta das mãos da esposa, mergulhou de novo no buraco e recomeçou a cavar com mais fervor.

Vovó, por seu lado, estava tão arrasada quanto seu jardim. Sentia-se devastada, em frangalhos, desprezível, inútil e, apesar do bom humor que era uma de suas principais características, uma ponta de depressão espreitava-a escondida na sombra, pronta a aproveitar-se da menor fraqueza, ou da má sorte, como um duende à espera de nuvens negras para agir.

– De que servirá o tesouro se Arthur não estiver aqui para aproveitá-lo? – perguntou com o resto de força que lhe restava.

A cabeça do genro reapareceu e, para tranqüilizá-la, disse, encenando um instinto paterno:

— Vovó, não se preocupe. Ele deve estar perdido, só isso. Eu conheço meu filho, ele sabe se virar sozinho. Tenho certeza de que logo encontrará o caminho de volta. E, guloso como é, certamente estará aqui na hora do jantar.

— Mas já são dez horas da noite — observou vovó, consultando o relógio.

O pai de Arthur empinou o nariz para o céu e constatou que a noite realmente já estava bem adiantada.

— É mesmo? Ora, veja só... — respondeu, espantado como o tempo passava rápido quando alguém estava à cata de um tesouro. — Não faz mal, ele irá direto para a cama. Assim economizaremos uma refeição — disse brincando, mas não muito.

— Francis! — zangou a mãe indignada.

— Ora, eu só estava brincando — defendeu-se o marido. — Como diz o provérbio, quem dorme engorda.

Sua mulher resmungou um pouco, por princípio.

— Por falar nisso, estou sem sono e meu estômago está roncando — insinuou.

— Eu só tenho um restinho do bolo de aniversário — avisou vovó.

— Perfeito! — respondeu Francis alegremente. — Já que faltamos no dia do aniversário, vamos comê-lo agora.

— Francis! — repetiu a mãe de Arthur, cujo vocabulário parecia limitar-se ao nome do marido, que ela dizia sempre no mesmo tom de recriminação meio vaga.

capítulo 5

— Estou morrendo de fome – reclamou Betamecha.

O ritmo regular dos movimentos da aranha haviam despertado o estômago do jovem príncipe.

— Betamecha, você só devia abrir a boca para reclamar quando não estivesse com fome, seria mais útil – respondeu a irmã, com a mesma implicância de sempre.

— Que eu saiba, estar com fome não é nenhum crime. Não comemos nada há selênios! – resmungou o pequeno príncipe, segurando a barriga com as duas mãos como se ela fosse escapar para procurar um corpo mais hospitaleiro. – Além do mais, estou em plena fase de crescimento, o que significa que preciso comer.

— Você crescerá depois. Chegamos – disse Selenia, interrompendo a conversa.

Diante deles, bem no meio daquele túnel pedregoso por onde passavam, havia um grande buraco, uma falha aberta por um raio. A pedra em volta estava toda fragmentada, como se um monstro enraivecido da Antiguidade a tivesse mordiscado.

A falha dava para um abismo frio e pegajoso. O buraco era tão profundo que não se ouvia o som que as gotas de água que mergulhavam dentro dele deviam fazer ao tocar o fundo.

Selenia escorregou pela pata dianteira da aranha e parou na frente de uma tabuleta de madeira que dizia: "Passagem proibida". Para certificar-se de que até aqueles que não entendiam o que estava escrito não se enganassem, alguém desenhara uma caveira acima da inscrição.

– É aqui! – exclamou a princesa com o mesmo entusiasmo de alguém que encontrara uma hospedaria.

Betamecha engoliu em seco como se quisesse eliminar o medo que sentia.

Arthur desceu da aranha e foi dar uma espiada no buraco. Mas não havia nada para espiar. Nada para ver.

– Não tem outra entrada um pouco mais acolhedora? – perguntou Betamecha, que estava muito inquieto.

– Esta é a entrada principal – respondeu a princesa, que não parecia nem um pouco impressionada com aquela fenda enorme.

Considerando o estado daquela visão de pesadelo que era a entrada principal, não era difícil imaginar como seria a entrada de serviço.

Arthur acompanhava o desenrolar dos acontecimentos com uma expressão quase ausente e em silêncio. Já vivera tantas aventuras extraordinárias nas últimas 24 horas que uma aventura a mais ou uma a menos já parecia quase rotina.

Ele decidira que não faria mais perguntas. De qualquer forma, o que mais temia no mundo era confessar seu amor à princesa. Uma vez que isso estava resolvido, não sentia medo de mais nada nem de ninguém. Não porque a confissão lhe dera asas, mas porque a partir daquele momento todo o resto parecia menos importante e parecia ter menos sabor.

A princesa agarrou a aranha pela barbicha e puxou-a até o buraco, começou a fazer cócegas debaixo do queixo do bicho e pediu gentilmente:

– Anda, garota. Faz um belo fio para descermos lá embaixo.

A aranha semicerrou os olhos. Só faltou começar a ronronar. Ela se agitava de alegria. Um fio comprido saiu de suas fiandeiras e mergulhou na abertura.

Aquele elevador improvisado não deixou Betamecha mais tranqüilo.

– Se escreveram "Passagem proibida" na tabuleta e tomaram o cuidado de acrescentar uma caveira, deve ser para nos avisar de alguma coisa, não?

– É uma expressão de boas-vindas – respondeu a princesa maliciosamente.

– Que boas-vindas, que nada! Eles não devem ter muitos fregueses... – respondeu Betamecha.

Selenia começou a ficar irritada de novo. Ela não agüentava mais aquela vozinha anasalada que não parava de dar palpites.

– Você teria preferido "Sejam bem-vindos a Necrópolis, ao seu palácio, ao seu exército e à sua prisão"?

A resposta calou a boca do jovem príncipe.

— O letreiro significa "Sejam bem-vindos ao Inferno", e só aqueles com coragem suficiente para lutar me seguirão — acrescentou Selenia, prendendo as pernas no fio da aranha e deslizando para a escuridão.

O barulho da fricção das coxas contra o fio diminuiu rapidamente até desaparecer por completo.

Betamecha debruçou-se um pouco por cima do buraco, mas a silhueta da irmã já não estava mais visível.

— Acho que vou ficar tomando conta da aranha. Ela é capaz de ir embora — disse Betamecha, a quem não faltava atrevimento.

— Como quiser — respondeu Arthur.

Ele deu um pulo, agarrou-se ao fio, enroscou as pernas na corda improvisada, como aprendera na escola, e preparou-se para descer.

— Sabe, quando voltarem, chegaremos mais rápido em casa se formos de aranha — Betamecha sentiu-se na obrigação de acrescentar para dissimular sua covardia.

— Isso se voltarmos um dia — respondeu Arthur com muita lucidez.

— Sim, claro, se vocês voltarem um dia — concordou Betamecha com um sorriso meio amarelo.

Ele não parecia ter gostado muito da idéia de voltar sozinho para casa.

Arthur afrouxou um pouco as pernas e deslizou ao longo do fio tecido pela aranha. Alguns segundos depois sua silhueta também desapareceu naquela escuridão impenetrável.

Betamecha sentiu um calafrio na espinha. Ele não desceria por aquele fio por nada do mundo. Certo de que havia escapado do pior, levantou-se e suspirou aliviado.

Só que o ambiente ao seu redor não era dos mais tranqüilizadores.

Os rastros de umidade nas paredes ecoavam gritos longínquos deformados pela distância. Gritos de dor intermináveis.

Betamecha voltou-se para verificar a retaguarda. Ele teve a impressão de ver algo em uma das paredes. Apesar do friozinho na barriga, aproximou-se para ver melhor o que era aquilo. Descobriu que eram desenhos que brilhavam debaixo da água que brotava dos muros. As figuras representavam caveiras e, às vezes, até um esqueleto inteiro.

Betamecha fez uma careta. Tudo aquilo não prenunciava nada de bom. No chão, embaixo dos desenhos, havia um monte de camundongos, que, para ilustrar melhor as figuras pintadas nas paredes, estavam terminando de roer as carnes de um esqueleto.

Ele deu alguns passos para trás e pisou em cima de um osso, que estalou ruidosamente. O jovem príncipe assustou-se e, ao olhar em volta, constatou que estava parado no centro de um monte de ossos, como se estivesse no meio de um cemitério a céu aberto.

Horrorizado, deu um grito que se misturou aos ecos que repercutiam no fundo da gruta.

Voltou correndo para perto da aranha e disse:

– Gosto de você, mas é melhor não deixar aqueles dois sozinhos. Eles só fazem besteira quando eu não estou perto – explicou para o animal, que o olhava sem entender nada.

Betamecha pulou em cima do fio e escorregou por ele sem se dar ao trabalho de enroscar as pernas. Ele teria feito qualquer coisa para escapar daquele lugar terrível.

Mais vale o inferno do que aquele horror, pensou para criar coragem, e desapareceu naquele buraco negro que sugava todas as luzes.

Se bem que Betamecha não era nenhuma luz, mas, de qualquer modo, o buraco não era exigente.

Enquanto isso, o pai de Arthur continuava em seu buraco. Ele estava tão exausto que se deitara ao lado da pá. A cadência de seus movimentos não se parecia nem um pouco com o ritmo inicial da escavação. Agora ele demorava para pegar a pá, escavar, enchê-la de terra pela metade, tirá-la do buraco e esvaziá-la de lado de qualquer jeito. E ele não estava nem perto do tesouro, porque, enquanto isso, como faria qualquer cachorro digno desse nome, Alfredo tapava sistematicamente todos os buracos que ele escavara na outra ponta do jardim. Não que o fizesse por solidariedade, mas apenas para que ninguém encontrasse os tesouros dele próprio, ou seja, uma boa dezena de ossos com tutano que ele, como bom poupador que era, armazenara pacientemente.

A mãe de Arthur, que era uma esposa perfeita, apareceu na porta da casa com uma bandeja nas mãos. Ela preparara uma jarra de cristal cheia de água e cubos de gelo, e arrumara em cima de um pratinho uma laranja cuidadosamente descascada e cortada em pedaços.

– Querido! – cantarolou, enquanto caminhava por aquele terreno minado.

Embora a lua cheia tentasse guiá-la, a pobre mulher não enxergava grande coisa. Ela deveria ter colocado os óculos, mas por causa de sua vaidade natural às vezes evitava usá-los em público.

Uma vaidade que lhe custaria caro, pois ela não viu o rabo de Alfredo, nem previu a catástrofe que viria a seguir.

Assim que apoiou o calcanhar naquela extremidade, o cachorro começou a uivar sem parar. Assustada, a mãe de Arthur deu um grito, como se quisesse responder a Alfredo. O grito foi tão agudo que ela acabou perdendo o equilíbrio. Na sua tentativa de acompanhar as oscilações da bandeja, ela primeiro deu um passo para a frente, depois outro para trás e, finalmente, enfiou um dos pés dentro de um buraco.

Toda essa manobra a aproximara do marido.

A jarra escorregou da bandeja. Com um gesto surpreendente, ela ainda conseguiu agarrá-la pela alça antes que se espatifasse no chão. A água gelada atingiu o marido bem no meio do rosto. Francis deu um grito desumano ao mesmo tempo que tentava se livrar dos cubos de gelo que se enfiavam por toda parte, principalmente dentro da camisa.

Alfredo fez uma careta de solidariedade. Ele também não gostava de água, muito menos de água gelada.

Provavelmente por causa do frio que o impedia de falar direito, Francis começou a insultar a mulher com palavras incompreensíveis.

– Presta atenção! – gritou finalmente.

A pobre mulher não parava de se desculpar e, para tentar remediar a situação, começou a juntar alguns cubos de gelo sujos de terra com a mão e jogou-os de volta dentro da jarra.

Nesse instante, vovó apareceu na soleira da porta carregando outra bandeja nas mãos.

– Que tal um café bem quentinho? – perguntou para os dois trabalhadores.

O pai de Arthur esticou os braços para a frente com as mãos erguidas para o alto. A perspectiva de ser atingido no meio da cara por um café fervendo depois dos cubos de gelo não lhe agradava nem um pouco.

– Fique onde está! – gritou como se vovó fosse pisar em uma cobra. – Coloque a bandeja no chão! Vou tomar café depois! – concluiu, muito sério.

Vovó não estava entendendo mais nada. Sabia que a filha casara com um homem excêntrico, mas ela devia ter perdido algum pedaço da história.

A pobre mulher estava tão exausta que não tinha nem mais forças para contrariar quem quer que fosse. Colocou a bandeja no chão da varanda e voltou para casa sem fazer nenhum comentário.

A mãe de Arthur tentou enxugar o rosto do marido com seu lencinho de seda rendado. Mas era o mesmo que querer esvaziar uma banheira com um conta-gotas. Resmungando, Francis empurrou-a para o lado, saiu do buraco e encaminhou-se para casa. A mulher foi atrás. Alfredo também. Enquanto os seguia, como as crianças que acompanham as caravanas de um circo, Alfredo pensava que aqueles dois eram muito engraçados.

Quando Francis chegou à varanda, soltou um grande suspiro, como se quisesse desafogar sua raiva. A camisa já começava a secar. Era apenas água, afinal. Ele deu um sorrisinho forçado e olhou para a mulher, que caminhava em sua direção com muita dificuldade por causa da falta dos óculos. Sentiu um grande carinho por ela.

– Desculpe, querida. Eu falei no impulso, por causa da surpresa. Sinto muito, acredite – disse ele muito sincero.

A solicitude do marido tocou-a profundamente, e ela ajeitou o vestido para ficar à altura do elogio.

– Não foi nada, a culpa foi minha. Às vezes sou desastrada mesmo – admitiu.

– Não é não, o que é isso... – respondeu o marido, embora pensasse o contrário. – Quer um cafezinho?

– Ah, quero sim, obrigada – aceitou, muito espantada com a gentileza inesperada do marido.

Francis pegou uma xícara e colocou dois torrões de açúcar e um pingo de leite. Enquanto isso, a mulher procurava os óculos nos bolsos do vestido. Ela não viu a aranha que descia pelo fio a alguns centímetros de seu rosto.

O marido voltou-se com a xícara na mão, o bule na outra, e começou a servir o café com muito cuidado.

– Uma boa xícara de café vai nos acordar – disse.

Ele não sabia como aquilo era verdade. Sua mulher encontrara finalmente os óculos e os colocou.

A primeira e única coisa que viu foi aquela aranha monstruosa que agitava as patas peludas a um centímetro de seu nariz. Soltou um grito pavoroso. Parecia o grito de um babuíno que acabava de quebrar uma unha. O marido assustou-se tanto que deu um salto para trás, tropeçou na bandeja e estatelou-se no chão. O bule voou pelos ares e caiu em cima de seu peito, entornando o café quente. Dessa vez, o grito foi igual ao de um mamute com dor de dente, e, embora os gritos não tivessem nenhuma relação com o fato, o casal continuava em harmonia na dor.

capítulo 6

Os terríveis gritos emitidos em coro ressoaram até o fundo das Sete Terras, e mais além, até Necrópolis.

Selenia virou a cabeça como se pudesse ver aquele som deformado que acabara de passar por ela e ricocheteava de parede em parede.

Arthur escorregou até o final do fio da aranha e, muito assustado, colocou-se atrás de Selenia. Ele também ouvira os gritos desumanos que se prolongavam ao infinito.

Jamais poderia imaginar que eram de seus pais.

– Bem-vindo a Necrópolis – acolheu-o a princesa, com um pequeno sorriso.

– Que saudação de boas-vindas mais horrível – comentou Arthur, suando frio.

– Aqui, boas-vindas rima com fim de vida – respondeu Selenia muito séria. – Vamos ficar juntos – preveniu no mesmo instante que Betamecha caía em cima deles como uma bola de boliche.

Os três rolaram pelo chão fazendo uma grande algazarra.

– Você não acerta uma! – reclamou Selenia enquanto se levantava.

– Desculpe – respondeu Betamecha, sorrindo e muito feliz por estar com eles outra vez.

Arthur levantou-se e, enquanto tentava limpar a poeira da roupa, constatou, espantado, que o fio da aranha estava subindo. Selenia também viu, mas não teceu nenhum comentário.

– Como faremos para voltar sem a aranha? – perguntou Arthur, um pouco preocupado.

– Quem falou em voltar? – respondeu a princesa cinicamente. – Temos uma missão a cumprir. Depois que terminarmos, teremos todo o tempo do mundo para pensar na volta – concluiu em um tom de voz que não deixava nenhuma dúvida quanto a sua decisão.

Com passos decididos, sem temer nada nem ninguém, ela começou a entrar em outro túnel.

No entanto, esse renovado interesse por sua missão tinha algo de suspeito. Não seria uma forma de evitar pensar demais? Em seus sentimentos, por exemplo?

Para fugir de qualquer tentação, Selenia colocara antolhos semelhantes àqueles que se usam nos cavalos para que não se desviem da estrada.

Ela era como uma florzinha que costumava passear vestida de armadura por medo de encontrar um raio de sol que, antes de desaparecer, iria fazê-la desabrochar para que a noite a murchasse. Mas Arthur ainda era muito jovem para entender essas coisas. Ele acreditava que nada era mais importante para o coração de Selenia do que a missão, e que ele não passava de um menino que apenas conseguira enternecê-la durante um breve momento confuso.

O caminho pelo qual seguiam logo desembocou em outro, tão largo como uma avenida.

Nossos três heróis assumiram uma postura mais discreta e silenciosa. A rua, que havia sido escavada em uma rocha, não estava nem um pouco deserta. Eles cruzaram com camponeses oriundos das Sete Terras que vinham oferecer seus produtos, com gamulos carregados de placas de metal cuidadosamente entalhadas, e com vendedores de selinelas que queriam desfazer-se de sua colheita.

Selenia esgueirou-se no meio daquela multidão que a arrastava para o grande mercado de Necrópolis.

Arthur estava maravilhado com tanta gente e tantas cores. Ele jamais poderia suspeitar que toda aquela vida existia a apenas alguns metros debaixo da terra.

Ali, nada se assemelhava à aldeiazinha e ao supermercado aonde ele gostava tanto de ir. Ali se estendia o mercado mais importante de todos os mercados, o eixo de todos os tipos de comércio, de toda troca de mercadorias. Não era o tipo de lugar por onde se andava desarmado, e Selenia não tirava a mão do punho da espada. Mercenários de toda espécie caminhavam pelo mercado oferecendo seus serviços. Vendedores de última hora brigavam pelos derradeiros espaços desocupados. Alguns espertinhos haviam instalado mesas de jogo no meio da avenida, onde era possível apostar qualquer coisa. Desde um par de groselhas a um par de gamulos. Era impossível saber o que se ganhava ali, mas certamente não era mais saúde.

Bares minúsculos haviam sido construídos em cima das barracas e nos interstícios do rochedo. Em geral, eram de dois lugares, mas havia também maiores, de três lugares.

O drinque Joca Flamejante parecia ser a bebida nacional.

Toda essa mistura animada de comércio e bares mal-afamados deixava Arthur um pouco assustado e muito impressionado. A coabitação era surpreendente, mas parecia funcionar. O motivo era simples: os seídas.

Em cada ângulo das ruas e a uma altura razoável havia uma pequena guarita, de onde um seída vigiava aquela alegre balbúrdia. Embora a calma reinasse sob o reino de terror de M., o Maldito, a vigilância era constante e total.

Assim que assumira o poder, a primeira coisa que Maltazard criou foi o mercado de Necrópolis.

O Príncipe das Trevas enriqueceu cruzando as Sete Terras com as hordas de seídas que formara para pilhar e roubar para ele. Mas pilhar e roubar não havia sido suficiente. Ele sabia que grande parte das riquezas estava escondida ou enterrada, ou que até havia sido engolida, pois os habitantes faziam-nas desaparecer assim que algum boato de um ataque iminente se espalhava pelas aldeias. Não todas, é claro.

O mestre teria ficado muito irritado se não encontrasse nada. Em ocasiões assim, Maltazard não costumava matar muitas pessoas. Não por uma questão humanitária. Sua clemência era unicamente comercial. Como adorava dizer: "Um homem morto é um cliente a menos ou um trabalhador a menos para construir meu palácio".

Ele chegara à conclusão de que a melhor maneira para arrancar as riquezas que não conseguia roubar do povo era obrigando-o a gastar. Nada melhor do que a ganância de lucro e riqueza, o desejo de possuir... Então Maltazard mandara escavar centenas de galerias na rocha, onde alugava barracas a um preço acessível. Era evidente que possuía um talento inato para o comércio. E foi assim que surgiu o mercado de Necrópolis. Atualmente era imenso e fazia a fortuna de Maltazard, que cobrava uma taxa sobre cada objeto vendido ou comprado, por menor que fosse.

Nossos amigos caminhavam com prudência e curiosidade no meio daquela alegre confusão. Prudência por causa dos seídas postados, em cada encruzilhada, acima de suas cabeças. Curiosidade porque viam criaturas de toda espécie, de cuja existência Arthur nem suspeitava, tal como aquele grupo de animais estranhos, de olhos saltados, que amarravam as orelhas no alto da cabeça para não pisar em cima delas.

— Quem são aqueles? — perguntou Arthur muito intrigado.

— São os balongo-botos. São da Terceira Terra. Vieram fazer a tosquia — explicou Betamecha.

— Como assim tosquiar? — perguntou cada vez mais intrigado.

– Como o pêlo deles é muito apreciado, costumam vendê-lo no mercado. O pêlo cresce duas vezes ao ano. É assim que ganham dinheiro. O resto do tempo dormem – respondeu Betamecha.

– E por que suas orelhas são tão grandes? – perguntou Arthur.

– Como os balongo-botos não matam outros animais, eles não têm uma cobertura de pêlo para se protegerem dos invernos rigorosos que assolam a região deles. Os pais costumam puxar as orelhas dos filhos quando ainda são pequenos para ficarem mais compridas e para que possam enrolar-se nelas no inverno. É uma tradição que já existe há vários milhões de luas.

Arthur não conseguia acreditar. Como todas as crianças de sua idade, ele também tinha medo de levar um puxão de orelhas e jamais teria imaginado que pudessem servir para protegê-lo do frio no inverno.

Estava tão concentrado observando uma mãe balongo-boto puxar as orelhas de seu bebê que acabou colidindo com um poste. Dois postes, para sermos mais exatos. Quando levantou a cabeça, percebeu que eram as pernas de um ser longilíneo que parecia um gafanhoto montado em cima de duas patas de um flamingo cor-de-rosa.

– É um aspargueto – sussurrou Betamecha. – Eles são muito altos e muito sensíveis!

– Nem se preocupe em pedir desculpas, rapazinho – reclamou o aspargueto, debruçando-se sobre Arthur.

As placas verdes em forma de bala que cobriam seu rosto criaram uma máscara. Quase não dava para ver os dois olhinhos azuis que ele tomara o cuidado de proteger atrás de um par de óculos baratos.

— Desculpe, eu não vi o senhor — respondeu polidamente Arthur, esticando a cabeça para trás para vê-lo melhor.

— Eu não sou transparente — revidou o aspargueto, em um tom de voz calmo e educado. — Como se não bastasse ter que me curvar o dia inteiro neste lugar totalmente inadaptado para as pessoas do meu porte, ainda sou obrigado a suportar os insultos constantemente dirigidos à minha pessoa.

— Entendo como o senhor se sente — respondeu gentilmente Arthur. — Antes eu também era grande.

O aspargueto olhou para ele com ar ofendido.

— Além de me empurrar, você ainda zomba de mim? — reclamou com a sensibilidade à flor da pele.

— Não, não é nada disso. Quis apenas dizer que antes eu media um metro e trinta centímetros de altura e que agora tenho apenas dois milímetros — tentou explicar Arthur, todo atrapalhado. — O que eu quis dizer é que não é nada fácil ser grande no mundo dos pequenos e que também não é fácil ser pequeno no mundo dos grandes.

O aspargueto não sabia mais o que pensar nem o que responder. Fitou por um instante aquele homenzinho estranho de patas curtas.

— Está desculpado — declarou finalmente para encerrar aquela conversa e foi embora passando as pernas por cima de algumas barracas até dobrar uma esquina.

— Eu bem que avisei — disse Betamecha. — Eles são hipersensíveis.

Arthur observou o aspargueto dar mais algumas pernadas e desaparecer de vista.

Mal se refizera dessas emoções quando cruzou com outro grupo tão esquisito como o aspargueto. Dessa vez eram animais enormes e peludos, redondos como uma bola, com uma cabecinha de fuinha e uma dúzia de patas que se movimentavam sem parar.

— São os bulaguiris. Eles vivem na floresta da Quinta Terra — começou a explicar Betamecha. — Os bulaguiris são especialistas em polir pérolas. Se você der a eles uma pérola em mau estado, eles a engolem e devolvem seis meses depois, mais linda do que nunca.

Betamecha mal terminara de falar quando um bulaguiri ilustrou a explicação. Ele dirigiu-se a uma pequena barraca escavada na pedra, onde foi recebido por um cachafloto. Os cachaflotos eram os únicos seres que estavam habilitados a comerciar em Necrópolis. Tanto fazia se alguém vendesse ou comprasse mercadorias, todas as transações deviam passar primeiro por eles. O próprio Maltazard concedera esse privilégio a essa tribo vinda da longínqua Sexta Terra. Segundo a lenda, Cacaranto, seu chefe, teria salvado a vida de M., o Maldito, emprestando-lhe dinheiro para fazer uma operação plástica no rosto. Como o soberano não era ingrato, ele o recompensara dessa forma. Os cachaflotos se enriqueciam em Necrópolis havia muitas luas.

O bulaguiri estendeu uma das patas para o vendedor, que o atendeu de má vontade. Mas, tanto ali como em qualquer outro lugar, as boas maneiras eram sempre a base para qualquer negócio.

Depois de trocarem algumas palavras de cortesia, que nem Arthur nem Betamecha entenderam, o bulaguiri começou a se contorcer como se sentisse uma dor de barriga horrível.

Arthur teve pena dele e, como se compartilhasse seu sofrimento, fez uma careta.

O rosto do bulaguiri mudou de cor várias vezes até finalmente se firmar em um tom verde-pálido extremamente asqueroso. Em seguida soltou um bom arroto, e uma pérola magnífica saiu de sua boca e caiu em cima de um porta-jóias preto de algodão, que ele entregou para o cachafloto. O negociante pegou a pérola com uma pinça, e o bulaguiri readquiriu as cores que combinavam melhor com seu tipo de pele. O cachafloto examinou a pérola. Ela era maravilhosa e cintilava em toda a volta. O negociante fez um sinal com a cabeça indicando que aceitava a mercadoria. O bulaguiri deu um grande sorriso, que deixou à mostra a boca desdentada, e recomeçou a se contorcer em todas as direções para fazer uma nova entrega.

Arthur estava espantadíssimo de ter presenciado aquela transação, que, obviamente, parecia ser normal nas ruas que conduziam a Necrópolis.

De repente, ele ouviu um grito de alegria que o arrancou de seus pensamentos. Betamecha acabara de ver um vendedor de belicornas. O jovem príncipe começou a pular e a dançar de alegria para agradecer aos céus.

– O que foi? – perguntou Arthur quando viu aquela dança estranha parecida com os movimentos descontrolados de uma pessoa que acabara de pisar em um prego com os pés descalços.

Salivando de prazer, Betamecha segurou o amigo pelos ombros com as duas mãos e respondeu, lambendo os beiços:

– Belicornas em calda! Não há nada melhor em todas as Sete Terras do que belicornas em calda!

– E o que são belicornas? – perguntou Arthur, que sempre desconfiava do gosto culinário do amigo.

– É uma pasta de selinela misturada com leite de gamulo e ovos, salpicada de avelãs moídas, coberta com uma deliciosa calda de pétalas de rosas – deleitou-se antecipadamente Betamecha, que conhecia a receita de cor.

Arthur gostara da idéia. O doce parecia inofensivo. Ele lembrava os doces folheados que sua avó costumava fazer às vezes com uma receita que trouxera da África.

Betamecha tirou uma moeda do bolso e jogou-a para o cachafloto, que a agarrou no ar.

– Sirva-se, senhor – ofereceu o comerciante muito cortês.

Betamecha pegou uma belicorna e enfiou-a na boca de uma vez só. Ele gemeu baixinho de satisfação e começou a mastigar bem devagar para prolongar o prazer.

Diante de tamanha felicidade, Arthur resolveu experimentar um daqueles doces. Escolheu uma belicorna e mordiscou uma ponta coberta de calda brilhante. Previdente, aguardou alguns segundos para ver se o doce provocava algum efeito secundário, tal como acontecera com o Joca Flamejante, mas não sentiu nada diferente. A calda derretia na boca, e a pasta levemente açucarada lembrava um doce de amêndoas.

Mais tranqüilo, continuou mastigando.

– E então? Não é a melhor coisa que você já comeu em toda a sua vida? – perguntou Betamecha, que enfiava a quarta belicorna na boca.

Arthur foi obrigado a admitir que o doce era realmente muito bom e deu outra dentada com prazer.

Sorrindo, e embora já conhecesse a resposta de antemão, o vendedor de belicornas perguntou:

– As minhas belicornas não estão fresquinhas?

Com a boca cheia de calda, os dois amigos só puderam anuir com a cabeça várias vezes.

– Os orvalhos são de hoje de manhã e os ovos eu colhi não faz nem uma hora – explicou o confeiteiro, muito orgulhoso de seu produto.

Arthur parou de mastigar. Algo chamara sua atenção. No seu mundo as galinhas punham ovos, depois alguém os pegava, ou os encontrava, ou os ovos eram até roubados, porém nunca colhidos.

– São ovos de quê? – perguntou curioso, esperando o pior e fazendo uma careta de antemão.

O vendedor riu da ingenuidade do freguês.

– Apenas uma espécie de ovos serve para preparar as belicornas originais dignas desse nome: são os ovos de lagarta que colhemos debaixo da mãe – respondeu o vendedor, sentindo-se um pouco ofendido por ter sido confundido com um comerciante qualquer.

Ele apontou orgulhosamente para o crachá oficial que o designava como um dos melhores belicornadores daquele ano.

Em resposta, Arthur cuspiu no rosto do comerciante o doce que tinha na boca.

Chocado pela ofensa que, embora involuntária, Arthur acabara de lhe fazer, o vendedor ficou imóvel.

– Desculpe! Eu passo mal se comer ovos de lagarta e de libélula – disse Arthur, muito sem jeito com toda aquela situação.

Pressentindo que as coisas iam acabar mal, Betamecha aproveitou os últimos instantes da surpresa do vendedor para engolir uma dezena de doces com uma rapidez que devia ser quase um recorde mundial.

O cachafloto voltou à realidade, respirou fundo e gritou:
– Guardas!

Essa simples palavra bastou para semear o pânico na rua. Todos começaram a se agitar e a gritar em todas as línguas, como o fazem as crianças presas dentro de um trem fantasma.

capítulo 7

Subitamente, uma mão agarrou Arthur pelo ombro e puxou-o com força para trás.

— Por aqui! – sussurrou Selenia, arrastando Arthur atrás dela.

Betamecha pegou mais algumas belicornas e saiu correndo atrás dos companheiros, deixando cair alguns doces pelo caminho.

Os três heróis abriram passagem no meio do pânico geral e se enfiaram em uma loja para evitar a patrulha de seídas que se aproximava correndo pela rua.

Arthur recuperou o fôlego.

— Eu não avisei que deveríamos ficar juntos? – repreendeu-os Selenia, irritadíssima porque precisava ficar vigiando aqueles dois irresponsáveis o tempo todo.

— Desculpe, mas de repente tinha tanta gente... – justificou-se Arthur.

— Quanto mais gente, tanto mais fácil será nos encontrar. Não podemos chamar a atenção! – frisou Selenia.

Um cachafloto mais sorridente do que os outros debruçou-se sobre eles.

– Nada impede que sejamos discretos e elegantes ao mesmo tempo – disse com uma voz muito melodiosa. – Venham conhecer minha nova coleção. É um colírio para os olhos!

O vendedor não se enganara: nenhuma princesa no mundo recusaria um convite desses.

Enquanto isso, um pouco mais adiante, o vendedor de belicornas descrevia com grandes gestos os dois ladrões profissionais que haviam assaltado sua barraca.

O chefe dos seídas ouviu-o atentamente e logo percebeu que se tratava dos mesmos fujões que haviam escapado de Darkos no Clube Jaimabar.

Esse tipo de notícia se espalhava rápido em Necrópolis. Os habitantes da Primeira Terra raramente se aventuravam naquelas áreas proibidas, e era ainda mais raro que Darkos se deixasse ridicularizar daquela maneira.

O chefe dos seídas voltou-se para seus homens e ordenou:
– Procurem em todas as lojas! Eles não podem estar longe!

Felizmente para nossos três heróis as tropas seguiram na direção oposta.

O chefe agarrou o último soldado pelo colarinho:
– Você! Avise o palácio!

O soldado fez uma continência perfeita e saiu correndo em disparada como um coelho.

Selenia viu-o passar na frente da loja mais rápido do que um foguete.

– Pelo menos agora sabemos em que direção fica o palácio – comentou a princesa, sempre atenta.

Ela jogou uma moeda para o cachafloto e cobriu o rosto com o capucho de seu novo casaco de pêlo de balongo-boto.

Arthur e Betamecha fizeram a mesma coisa. Eles pareciam três pingüins disfarçados de esquimós.

– Até a próxima! – despediu-se o vendedor, muito sorridente.

A camuflagem parecia funcionar, pois eles não chamaram a atenção de ninguém debaixo daqueles casacos coloridos.

– Você bem que poderia ter escolhido algo mais leve. Estou morrendo de calor! – reclamou Betamecha, que estava mergulhado dentro daquela peça de roupa que era grande demais para ele. – Vamos parar e beber alguma coisa.

– Uma hora você está com calor, outra hora você está com fome ou com sede! Será que nunca vai parar de reclamar? – queixou-se a princesa, muito irritada.

Betamecha resmungou qualquer coisa em reposta.

Com medo de perder o seída de vista, Selenia acelerou o passo. A rua por onde caminhavam alargou-se de repente e desembocou em uma praça imensa escavada dentro de uma gruta tão alta que não dava para ver o teto.

Selenia parou na entrada daquela arena monumental, onde formigavam centenas de pedestres.

– É o mercado de Necrópolis – murmurou, impressionada com as dimensões do lugar.

Ela ouviu inúmeras vezes descrições daquele lugar, porém nada do que imaginou chegava aos pés da realidade. A praça estava apinhada de gente, e a multidão movia-se em ondas, como a superfície de um mar agitado. Parecia Meca em dia de oração.

Era um lugar onde todos vendiam, compravam, trocavam, conversavam, gritavam, corriam e roubavam...

Em comparação, Wall Street parecia um salão de chá para aposentados.

Arthur estava boquiaberto diante daquele espetáculo incessante. Um par de olhos era insuficiente para registrar aquele balé indescritível que o lembrava do balde enorme onde fervilhavam centenas de larvas de varejeira que o avô criava para servirem de isca aos peixes.

Mas aquele espetáculo que se apresentava a seus olhos era muito mais colorido e, principalmente, muito mais barulhento. Os três quase não conseguiam ouvir o que diziam, e Selenia era obrigada a gritar.

— Eu o perdi de vista — admitiu um pouco contrariada, referindo-se ao seída.

O que não era de espantar, considerando aquela confusão impressionante.

— Por que não perguntamos a alguém onde fica o palácio? Essas pessoas devem saber, você não acha? – perguntou Arthur com a maior ingenuidade.

— Aqui se vende de tudo. Mas o que mais se vende é informação. E se você perguntar a alguém onde fica o palácio, será denunciado na hora! – explicou Selenia, que, como sempre, estava bem informada.

Arthur olhou ao redor e constatou que, de fato, não havia um único rosto que lhe inspirasse confiança. Todos os transeuntes tinham olhos saltados, mandíbulas dentuças, casacos de peles compridos demais e patas demais. Sem falar na quantidade de armas que cada um carregava na cintura. Parecia um verdadeiro faroeste.

Nossos três heróis, que agora não desgrudavam mais um do outro, olharam em volta daquela multidão compacta em busca de uma placa que indicasse o caminho do palácio. Finalmente viram uma fachada monumental coberta de esculturas de rostos estranhos do outro lado da praça. Parecia mais a entrada de um museu de horrores do que de um palácio presidencial, mas, conhecendo a personalidade de M., o Maldito, como ela conhecia, Selenia não teve dúvidas de que estava na pista certa.

Eles levaram quase vinte minutos para atravessar aquela multidão, mais densa do que um pudim de pão, e chegar ao pé da fachada.

– Você acha que é aqui? – cochichou Betamecha. – Parece bem pobre para ser um palácio.

– Considerando a quantidade de guardas que estão na frente do portão, eu ficaria espantada se fosse a porta de entrada de uma creche – revidou Selenia, que era mais perspicaz do que o irmão.

Realmente, diante do imponente portão, trancado com três voltas de chave, duas fileiras maciças de seídas estavam de prontidão para trespassar com as espadas qualquer pessoa que ousasse se aproximar, nem que fosse apenas para pedir informações.

– Acho que é melhor procurarmos a entrada dos fundos – sugeriu Selenia.

– Boa idéia! – responderam em uníssono seus dois companheiros, que não estavam com a menor vontade de enfrentar duas fileiras de seídas.

De repente, a multidão partiu-se em duas para deixar passar um cortejo.

– Saiam da frente! Saiam da frente! – gritava um seída barrigudo que encabeçava o comboio formado por uma dezena de carroças carregadas de frutas, insetos grelhados e outras iguarias, cada uma mais deliciosa do que a outra.

As carroças eram puxadas por gamulos, que estavam um pouco nervosos por causa daquele mundaréu de gente.

Selenia aproximou-se mais para acompanhar melhor a passagem do comboio.

– O que é? – perguntou com ar ingênuo para um estranho de olhos saltados.

– É a refeição do mestre. Já é a quinta hoje – respondeu o estranho, que era mais raquítico do que um galho seco.

– E quantas refeições ele faz por dia? – perguntou Betamecha com uma pontinha de inveja.

– Tantas quantos os dedos que ele tem nas mãos: oito – respondeu um homem idoso de rosto encovado pela fome, com os olhos grudados no comboio.

– Ele vai comer tudo isso sozinho? – perguntou Arthur.

– Imagine! Ele só fica petiscando. Um inseto grelhado aqui, outro ali, e é só. O resto ele manda jogar no poço das oferendas. Quando penso que uma única refeição dessas daria para alimentar meu povo durante dez luas... – concluiu o velho, fraco demais para queixar-se além disso.

Desesperançado e enojado por aquela opulência, afastou-se com um suspiro.

– Por que ele não distribui o que não come em vez de jogar a comida dentro de um poço? – perguntou Arthur, indignado.

– M., o Maldito, é a personificação do mal. Ele sente prazer no sofrimento que causa nos outros. Nada poderia dar mais prazer a ele do que um povo faminto que implora para sobreviver – explicou Selenia entre os dentes.

– Mas ele não pertencia ao povo dos minimoys no início?

– Onde você ouviu isso? – perguntou a princesa, visivelmente perturbada com a pergunta.

– Betamecha me contou que ele foi expulso da sua terra há muito tempo – respondeu o menino.

Selenia fuzilou com os olhos o irmão, que virou o rosto para não precisar enfrentar a irmã.

– Esses pequenos detalhes da fachada do palácio são incríveis! – comentou o principezinho tentando mudar de conversa.

Selenia preferiu não responder.

– Por que ele foi expulso? O que aconteceu? – perguntou Arthur, que só queria saber um pouco mais a respeito dos minimoys.

– É uma longa história. Um dia eu conto, talvez... agora temos mais o que fazer. Sigam-me.

Selenia abriu caminho no meio da multidão faminta e seguiu ao lado do comboio.

Com seus oito olhos arregalados, um filhote de istilo olhava para a comida que passava. Muito inocente e esfomeado, estendeu a mão para pegar uma fruta. Na mesma hora uma chicotada violenta atingiu-o nos dedos e colocou-o em seu lugar. Os pais esconderam o filho rapidamente debaixo da pele grossa. Com o chicote esticado entre as mãos, um seída parou na frente do pai.

— É proibido tocar na comida do mestre — lembrou, tão amável como a voz metálica de um computador.

Em resposta, o pai do pequeno istilo arreganhou a boca e deixou os dentes à mostra: as 48 lâminas eram mais afiadas do que uma navalha. Caso fizesse mais um gesto contra o filho, o seída provavelmente teria ficado com um pedaço a menos.

O soldado engoliu em seco quando viu aquela serra montada em cima da mandíbula do istilo. Como não era tolo a ponto de arriscar-se sem necessidade, limitou-se a resmungar:

— Desta vez passa!

Do lado do palácio havia uma gruta escavada em uma rocha que devia ser o fruto do trabalho de centenas de insetos. No fundo da cavidade se via um portão pesado, porém menos ornamentado do que a fachada. Assim que o comboio se aproximou, o portão abriu automaticamente e o cortejo penetrou lentamente no interior da rocha.

O povo mantinha-se distante daquela entrada escondida. Ninguém ousava aventurar-se além daquele limite.

Ninguém exceto nossos três heróis, que estavam sempre dispostos a uma nova aventura.

Selenia escondera-se atrás de uma grande pedra, de onde observava a passagem da última carroça e o portão que começava a se fechar devagar atrás. De repente, ela tirou o casaco, jogou-o no chão e preparou-se para saltar.

– Arthur, nossos caminhos se separam aqui! – avisou, correndo na direção do portão.

– Nada disso! – respondeu o valente Arthur, que também saiu correndo atrás de sua princesa.

Quando a alcançou, ele foi recebido pela ponta da espada que Selenia apontava para seu pescoço, a qual ela desembainhara mais rápido do que um raio, mantendo seu príncipe a distância.

– Esse problema eu preciso resolver sozinha – afirmou muito séria.

– E eu? Faço o quê? – perguntou o menino, tão emocionado que sentia um nó na garganta.

– Você vai procurar o tesouro e salvar sua casa; eu vou procurar M., o Maldito, e tentar salvar a minha.

Selenia falara com a calma de alguém que acabara de tomar uma decisão que nada nem ninguém impediria de levar a cabo.

– Se eu conseguir, nos encontraremos bem aqui, dentro de uma hora.

– E se não conseguir? – perguntou Arthur, sentindo imediatamente um grande desânimo diante dessa possibilidade.

Selenia deu um longo suspiro. Quantas vezes ela pensara nisso... ela sabia que diante de M., o Maldito, e seus poderes infinitos, suas probabilidades de êxito eram praticamente nulas. Tinha, talvez, uma chance em mil. Mas ela era uma princesa real, a filha do imperador Sifrat de Matradoy, da 15ª dinastia, e dentro em breve caberia a ela iniciar a 16ª. Tinha a obrigação de pelo menos tentar.

Selenia fitou Arthur nos olhos longamente e, sem abaixar a espada, que ela mantinha apontada para o pescoço do garoto, aproximou-se mais dele.

– Se eu fracassar... seja um bom rei – disse tranqüilamente, com uma calma que Arthur nunca vira antes.

Era como se uma portinhola acabasse de se abrir em seu coração de guerreira. Selenia passou uma das mãos atrás da nuca de Arthur e beijou-o suavemente nos lábios. O tempo parou. Uma chuva de margaridas cantando em coro flutuou do céu, as abelhas desenharam corações com fios de mel no ar, as nuvens se deram as mãos e fizeram um círculo em volta do casal, e centenas de passarinhos se uniram para formar uma orquestra e tocar uma melodia romântica que ressoou por todo o firmamento.

Arthur nunca se sentira tão bem. Ele tinha a impressão de escorregar por um tobogã de seda agitado por um vento suave que o embalava e fazia deslizar, e que nada mais tinha importância.

O hálito de Selenia era mais quente do que o verão, e sua pele, mais suave do que a primavera. Se os deuses do amor tivessem permitido, Arthur teria ficado ali para sempre, colado nos lábios da princesa. Mas Selenia recuou e quebrou o encanto.

O beijo não durara mais do que um segundo.

Arthur estava completamente zonzo. Nunca um segundo lhe parecera tão curto. Nunca um segundo tivera esse sabor perfumado de eternidade.

Surpreso e espantado, ele não sabia o que dizer.

Selenia sorriu gentilmente. Seu olhar espelhava uma nova doçura.

– Agora que você recebeu todos os meus poderes, faça bom uso deles – recomendou, desaparecendo entre os poucos centímetros que restavam antes que o portão se fechasse de vez.

– Mas... espera... eu tenho que... – balbuciou Arthur, correndo para o portão, que se fechava sempre mais.

Mesmo com apenas dois milímetros de altura, a passagem tornara-se estreita demais para que ele pudesse se enfiar por ela.

Arthur ficou arrasado. Ele mal tivera tempo para entender o que estava acontecendo com ele e já devia resignar-se com a idéia de que aquilo nunca mais se repetiria.

Para ter certeza de que aquilo não fora um sonho, ele tocou os lábios com a ponta dos dedos. O perfume de Selenia permanecia ali, flutuando em volta do rosto de Arthur.

Betamecha saiu de seu esconderijo e aplaudiu o jovem príncipe.

– Bravo! Foi maravilhoso!

Ele apertou a mão de Arthur e sacudiu-a exageradamente.

– Meus parabéns! Foi um dos casamentos mais bonitos que já vi.

– Do que você está falando? – perguntou Arthur, um tanto perdido.

— Ora, do seu casamento, seu tolo! Ela beijou você. Agora você está casado para o melhor e para o pior até a próxima dinastia. É assim que nós casamos em nossa terra — explicou Betamecha com a maior naturalidade do mundo.

— Quer dizer que... o beijo... foi o casamento? — perguntou Arthur, espantado com a tal cerimônia.

— Claro que foi — confirmou Betamecha. — E foi um casamento curto, transparente e comovente. Maravilhoso! — prosseguiu o pequeno príncipe, que era um grande conhecedor de casamentos.

— Você não achou um pouco curto demais? — perguntou Arthur, ainda tonto com a velocidade do desenrolar das festividades.

— Não. Você recebeu o principal: a mão e o coração dela — respondeu Betamecha com a lógica própria dos minimoys.

— Na minha terra os adultos demoram mais para casar. Primeiro eles se conhecem, depois se encontram, depois saem juntos durante algum tempo. Aí conversam sobre o casamento e geralmente é o homem quem pede a mão da moça. O beijo só acontece no final, quando eles dizem 'sim' na frente do padre — explicou Arthur, que provavelmente repetia uma descrição que ouvira sobre o casamento dos pais.

— Ora! Mas que desperdício de tempo! Vocês parecem ter muito tempo para perder e para gastar com futilidades. A mente é que precisa de todos esses artifícios. O coração necessita apenas de uma palavra, e a melhor maneira de dizê-la é com um beijo.

Arthur tentava entender o que o amigo dizia, mas tudo estava indo rápido demais para ele.

Depois de um beijo como aquele, ele precisava tomar algumas aspirinas e de uma boa noite de sono.

– O que mais você queria? – perguntou Betamecha ao perceber a expressão de espanto do amigo.

– Ora... não sei... uma festinha? – respondeu Arthur, que se esforçava para voltar à realidade.

– Mas que idéia excelente! – exclamou uma voz, profunda demais para pertencer a Betamecha.

Quando os dois amigos se voltaram, depararam com cerca de vinte seídas comandados por seu chefe, o terrível Darkos, o filho único do igualmente terrível M., o Maldito.

O sorriso de Darkos era tão pouco acolhedor que, cada vez que ele sorria, parecia que ia matar alguém. Mesmo se escovasse os dentes escuros e manchados quinze vezes ao dia, não faria nenhuma diferença.

Darkos aproximou-se de Arthur com os passos lentos de um conquistador.

– Se me permitem, eu cuidarei pessoalmente de preparar uma festinha para vocês – disse sem meias-palavras.

A mensagem era tão clara que até os seídas entenderam e começaram a rir como bobos.

Arthur também entendera.

No dia anterior, foi seu aniversário. Ele também teria sua festa.

* * *

 Sentada à mesa da cozinha, a mãe de Arthur revirava entre as mãos as dez velinhas que não tinham mais bolo nem Arthur para brilharem.
 Dez velinhas para os dez aninhos que viram Arthur se tornar um pestinha ou um menino bonzinho. A pobre mãe não conseguia parar de recordar os dez aniversários, tão diferentes uns dos outros.
 No primeiro, Arthur parecia hipnotizado pela pequena chama da vela que dançava diante de seus olhos. No segundo, ele tentara em vão pegar as pequenas chamas, que sempre se apagavam e escapuliam de suas mãos. No terceiro, seu sopro, ainda tímido, não permitira que soprasse as três velas de uma vez, e elas reacenderam três vezes. No quarto, ele soprou as velas do bolo sozinho e de uma vez só. No quinto, ele quis cortar sozinho o bolo sob o olhar vigilante e preocupado do pai quando o viu segurar uma faca grande demais para caber naquela mãozinha. No sexto, que era o mais importante de todos os aniversários para Arthur... o avô entregara sua própria faca ao menino, com a qual Arthur cortou o bolo orgulhosamente. E também fora o último aniversário no qual o avô estivera presente.
 A pobre mulher não pôde evitar a lágrima que escorreu em sua face.
 Tanta felicidade e tanta infelicidade em apenas dez anos.
 Ao lado desses dez anos, que haviam passado como um cometa no céu, as dez horas que haviam decorrido desde o desaparecimento do filho pareciam uma eternidade.

Ela olhou em volta para tentar encontrar algum conforto, algo que lhe desse alguma esperança. Seu olhar esbarrou apenas no marido, que, morto de cansaço, adormecera em cima do sofá. Ele estava tão exausto que não tinha forças nem para roncar ou fechar a boca escancarada. Em outras circunstâncias aquela visão a teria feito sorrir, mas naquele momento ela só sentia vontade de chorar.

Vovó entrou na cozinha e sentou-se ao lado da filha com uma caixa de lenços descartáveis na mão.

– É a minha última caixa – avisou com um sorriso para aliviar um pouco a tensão.

A filha olhou para a mãe e também sorriu.

Mesmo nos momentos mais difíceis, a velha senhora nunca perdia o bom humor. Ela aprendera isso com Arquibaldo, seu marido, que colocava o bom humor e a poesia no topo da escala dos valores fundamentais.

– O bom humor é para a vida o que as catedrais são para a religião. É a melhor invenção do homem – ele costumava dizer brincando.

Como ela desejava que Arquibaldo estivesse ali. Ele traria um pouco de luz para suas vidas, que, de repente, haviam ficado tão sombrias. Ele saberia dar aquele toquezinho de otimismo que nunca o abandonava e que lhe permitira sobreviver à Grande Guerra como um matador escapa dos chifres de um touro.

Vovó segurou as mãos da filha e apertou-as carinhosamente.

– Sabe, minha filha, o que vou dizer talvez não faça nenhum sentido para você, mas... seu filho é um menino muito especial

– disse em um tom de voz afetuoso e tranqüilizador. – Eu não sei por quê, mas, onde quer que ele esteja, mesmo se estiver em uma situação difícil, eu tenho certeza de que ele vai ficar bem.

Aquelas palavras pacificaram um pouco a mãe de Arthur, e as duas mulheres apertaram-se as mãos com mais força, como se quisessem fortalecer suas preces.

E elas teriam de rezar muito, porque naquele mesmo instante Arthur estava enfiado em uma prisão. Ele se agarrava às barras de ferro da janela da cela com as duas mãos e olhava para a praça do mercado apinhada de gente, mas não via nenhuma alma caridosa acorrer em seu socorro.

– Esquece. Ninguém se arriscará para ajudar um prisioneiro de M., o Maldito – disse Betamecha, que estava agachado em um dos cantos da cela.

– Preste atenção no que diz, Beta! Lembre que Selenia avisou para sermos discretos – recriminou-o Arthur.

– Discretos? Mas se todo o mundo já sabe que nos prenderam! – suspirou o pequeno príncipe, muito deprimido. – Estamos nas mãos daquele monstro. Nosso futuro está traçado. A única pessoa que poderá salvar nossa vida é Selenia... se ela conseguir salvar a dela.

Arthur olhou para o amigo e viu-se obrigado a aceitar a realidade. Selenia era a única esperança que lhes restava.

capítulo 8

Consciente de sua missão, a princesinha caminhava pelo labirinto formado pelas galerias pouco acolhedoras do palácio real, com o cabo da espada firmemente preso entre as duas mãos. Ela perdera de vista o comboio de alimentos, mas conseguira se orientar seguindo as marcas feitas no chão pelas rodas das carroças. Selenia progredia lentamente, de esconderijo em esconderijo, deixando passar as patrulhas regulares dos seídas, que eram tão numerosas como sapinhos em um pântano.

Pouco depois, os corredores escavados na rocha passaram a ser revestidos de mármore preto, e as paredes eram ornamentadas. As chamas das tochas que refletiam na superfície lisa pareciam desproporcionais. Era como se um diabo maligno vestido de uma pele comprida tivesse saído dos infernos para cuspir suas chamas. O coração de Selenia mantinha-se firme, mas as mãos estavam um pouco úmidas. Aquele inferno gelado não era de fato onde ela queria estar. Ela preferia as florestas das altas ervas, as folhas do outono em cima das quais costumava surfar pelas colinas da aldeia e os campos de papoulas, onde era tão gostoso adormecer. Essa lembrança a fez sofrer. Às vezes, quando uma pessoa está sofrendo, ela percebe o valor das pequenas coisas do cotidiano: espreguiçar-se depois de um despertar tranqüilo, um raio de sol que acaricia o rosto, o sorriso de uma pessoa querida.

Era como se a infelicidade servisse apenas para medir a felicidade.

Uma patrulha de seídas arrancou Selenia de seus pensamentos e trouxe-a de volta à realidade, para aquele palácio mortal, aquela catedral de mármore preto frio como o gelo.

O chão de mármore era de um negrume tão intenso que dava a impressão de não ter fundo. O rastro das rodas das carroças não era mais visível naquela pedra duríssima, que não permitia marcas.

Selenia chegou a uma bifurcação e precisou escolher para qual dos lados devia ir. Decidiu seguir seu instinto. Ou talvez aguardar um sinal. Nas Sete Terras devia haver um deus para dar uma mãozinha, ou será que ela teria de passar por aquela prova sozinha?

Ela esperou um pouco, mas não viu nenhum sinal divino se manifestar. Nem mesmo uma brisa para indicar o caminho a seguir.

Selenia suspirou e tornou a examinar os dois túneis. O da direita estava um pouco iluminado e uma música distante soava no fundo. Uma pessoa normal teria percebido a armadilha imediatamente e seguido pelo túnel da esquerda. Mas Selenia não era uma pessoa normal. Ela era uma princesa devotada a sua causa e decidida a correr todos os riscos para cumprir sua missão. Segurou o punho da espada com mais força e enfiou-se pelo tubo da direita.

Depois de contornar uma curva fechada, chegou a um salão imenso. Placas de mármore luzidias cobriam o chão, e do teto pendiam centenas de estalactites formadas por gotas de água petrificadas durante a descida. Um Michelangelo local fora incumbido da árdua tarefa de esculpir a ponta de cada estalactite, uma por uma. A obra era tão descomunal que, muito provavelmente, o artista deveria ter morrido enquanto executava a missão.

Selenia deu alguns passos no chão de mármore, que era tão liso como um lago e parecia absorver todos os ruídos.

No fundo do aposento viu a menor das carroças, que os escravos haviam deixado ali. As frutas de todas as espécies que transbordavam dela eram as únicas manchas coloridas naquele universo em cinza e preto.

Na frente da carroça havia uma silhueta longilínea que estava de costas para Selenia. Uma capa comprida, corroída nas extremidades, pendia de seus ombros assimétricos. Daquela distância era difícil saber se aquela pessoa usava um chapéu ou se sua cabeça era desproporcional em relação ao corpo. A silhueta descarnada e monstruosa parecia ter saído de um pesadelo dos mais tenebrosos.

Aquela criatura de costas, beliscando sem muita vontade uma fruta que segurava entre as pontas dos dedos em garra, só podia ser M., o Maldito.

Selenia engoliu em seco, apertou o cabo da espada com mais força para lhe dar coragem e avançou com passos lentos e furtivos.

Sua vingança estava ao alcance das mãos.

Não apenas sua vingança pessoal, mas a de todo seu povo e até dos povos que habitavam as Sete Terras e que algum dia haviam sofrido sob o braço guerreiro daquele conquistador.

Mas o braço de Selenia repararia tudo isso e limparia a memória dos anciões, que havia sido maculada por anos de escravidão e desonra. Com os olhos fitos no inimigo, ela começou a avançar lentamente, o peito arfando e o coração disparado. Seu braço foi se erguendo para o alto. Bem para o alto, como se ele quisesse estar à altura da vingança, à altura do castigo.

A espada ficou no mesmo nível de uma estalactite, que era bem mais baixa do que as outras. Quando o metal tocou na pedra, a lâmina soltou um pequeno estalido agudo. Não muito forte, mas suficiente para romper o silêncio lúgubre que apenas um vento glacial conseguiria apreciar.

Sem largar a fruta que segurava na mão, a silhueta se deteve. Selenia também interrompeu todo e qualquer movimento. Ela estava tão imóvel como as esculturas que pendiam do teto.

A criatura colocou a fruta em cima da mesa, bem devagar, e suspirou longa e tranqüilamente. Mas não se virou para Selenia. Apenas inclinou a cabeça um pouco para a frente, como se sentisse o peso daquela presença que parecia estar a sua espera.

– Passei dias seguidos polindo essa espada até a lâmina ficar perfeita. Eu reconheceria seu som entre mil.

A voz era cavernosa. As laterais de sua garganta deviam ter sido muito feridas. O ar que passava por ela assobiava de forma estranha, como se roçasse por um ralador de queijo. "Alguém deveria avisá-lo de que a tubulação está precisando de conserto", não pôde evitar de pensar Selenia, mesmo sabendo que ele não aceitaria conselhos de ninguém.

– Quem mais além de você, Selenia, seria capaz de arrancar a espada da pedra? – perguntou o vulto, voltando-se devagar.

Maltazard afinal mostrara o rosto, e teria sido preferível não tê-lo visto.

Ele era um horror ambulante: o rosto deformado, semicorroído e marcado pelo tempo, lembrava um campo devastado. Crostas haviam se formado aqui e ali em volta de feridas ainda purulentas. A dor devia ser constante, o que se evidenciava em seu olhar, olhar de alguém maltratado pela vida. Porém, ao contrário do que se podia esperar, os olhos não espelhavam apenas ódio e raiva. Eles continham a tristeza dos animais em via de extinção, a melancolia dos príncipes destronados e a humildade dos sobreviventes.

Selenia não se deteve por muito tempo nos olhos de Maltazard. Ela sabia que eles eram a mais terrível de todas as armas. Quantos não haviam caído na armadilha daquele olhar amigável e terminado assados como peixes?

Ela abaixou a espada, estendeu o braço e preparou-se para aparar qualquer golpe traiçoeiro.

Selenia observou Maltazard e o resto daquele corpo, que não parecia lá grande coisa. Meio minimoy, meio inseto, ele parecia estar em plena decomposição. Remendos grosseiros mantinham algumas partes do corpo unidas, e a longa capa, vagamente transparente, dissimulava o resto da melhor forma possível. As mandíbulas abriram-se um pouco. Devia ser um sorriso, mas era digno de pena.

– Estou contente em vê-la, princesa – cumprimentou Maltazard em um tom de voz que ele tentava suavizar. – Senti sua falta – acrescentou, aparentemente com sinceridade.

Selenia, que era uma menina corajosa, aprumou o corpo e empinou o queixo.

– Eu não! – respondeu. – Eu vim matar você.

Clint Eastwood não teria feito melhor. Sem desgrudar dos olhos de Maltazard, ela parecia ignorar completamente o tamanho impressionante do adversário e estar preparada para um possível duelo. Era Davi contra Golias, Mogli contra Shere Khan.

– Por que tanto ódio? – perguntou Maltazard, a quem a idéia de um duelo fazia sorrir mais ainda.

– Você traiu seu povo e massacrou todos os outros, menos aqueles que escravizou. Você é um monstro!

– Não me fale de monstro! – exclamou Maltazard, cujo rosto mudara de cor subitamente para o verde. – Você não sabe o que está dizendo – prosseguiu um pouco mais calmo. – Você não diria isso se soubesse como é doloroso viver dentro de um corpo mutilado.

— Seu corpo era perfeito até você trair seu povo. Foram os deuses que o puniram dessa forma — revidou a princesa, decidida a não ceder nem um milímetro.

Maltazard soltou uma gargalhada que ressoou pelo salão como uma bala cuspida por um canhão.

— Minha pobre criança... se a história fosse tão simples, ou se eu pudesse esquecê-la... — lamentou-se Maltazard. — Quando fui embora da aldeia, você não passava de uma criança. Naquela época eu era conhecido como Maltazard, o Bom. Maltazard, o Guerreiro. Aquele que vigia e protege — prosseguiu, com voz embargada.

Naquela época, Maltazard era um belo príncipe, forte e sorridente.

Os colegas sempre zombavam dele, porque era três cabeças mais alto que todos os outros minimoys. "Seus pais devem ter exagerado quando lhe deram leite de gamulo", diziam rindo, porém sem maldade. O que o fazia sorrir. Ele não tinha muito senso de humor, mas sabia que essas brincadeiras não passavam de elogios disfarçados. Todos admiravam sua força e coragem.

Quando seus pais morreram, devorados durante a Guerra dos Gafanhotos, que opôs os dois povos durante várias luas, ninguém mais se arriscara a fazer novas brincadeiras, por mais gentis que fossem.

Maltazard cresceu, mas a dor da perda dos pais nunca o abandonou.

Fiel aos princípios que herdara deles, tinha um forte sentido da honra e da pátria e era corajoso e prestativo. A aldeia passou a ser sua única família, e ele teria lutado até a morte para defendê-la.

Quando veio a grande seca, que durou mil anos, a aldeia foi obrigada a enviar uma expedição para procurar água.

Os minimoys não gostavam de banhar-se nesse líquido, mas ele era necessário para as plantações e, por conseguinte, para a sobrevivência do povo minimoy.

Maltazard ofereceu-se de imediato para comandar a expedição. O imperador Sifrat de Matradoy, que naquela época ainda era muito jovem, entregou-lhe o comando com muita satisfação. Maltazard representava o filho que ele gostaria ter tido e que um dia Betamecha viria a ser. Mas o pequeno príncipe nascera fazia apenas algumas semanas, e o imperador depositou todas as esperanças em Maltazard. Naquela ocasião, Selenia lutara como uma tigresa contra a nomeação de Maltazard por considerar que cabia a ela comandar aquela missão tão importante. Mesmo não sendo mais alta do que uma semente de groselha, ela insistira que só uma princesa de sangue real seria digna de conduzir a missão. O imperador teve muita dificuldade para abrandar o entusiasmo da filha e tivera de lhe prometer que, mais tarde, caberia a ela servir seu povo.

Orgulhoso como um conquistador, o peito inchado de ardor e coragem, Maltazard partiu uma bela manhã e deixou a aldeia para trás sob os aplausos e os assobios de encorajamento. Algumas moças chegaram a chorar quando viram passar aquele herói nacional a caminho da glória.

Alguns dias depois, a viagem mudou de aspecto. Todas as terras tinham sido atingidas pela seca, e os sobreviventes haviam se organizado em bandos e defendiam seus bens com muita garra. Maltazard e seus homens tiveram de enfrentar muitos saqueadores, que os atacavam dia e noite, saltando de árvores, saindo de esconderijos lamacentos ou surgindo no ar como se fossem transportados por ventos imprevisíveis.

A caravana minguava a olhos vistos. Após apenas um mês de viagem, restava apenas a metade das carroças e um terço dos soldados.

Quanto mais se embrenhavam para o interior das terras, mais as regiões se tornavam hostis e povoadas por animais ferozes, cuja existência Maltazard ignorava até então. As florestas eram percorridas por hordas sanguinárias que só pensavam em se embriagar ou saquear. Geralmente faziam as duas coisas ao mesmo tempo. E mais, se desejassem...

Cada riacho ou poço natural que descobriam estava sempre tristemente vazio. Era preciso ir mais longe.

A expedição, então reduzida à metade da metade, atravessou florestas carnívoras, lagos de lama ressequida que exalavam vapores alucinógenos e planícies tão desertas e contaminadas que pareciam haver sido abandonadas por todos os seres do planeta.

Maltazard passou por todos esses sofrimentos e todas essas provações sem se queixar. Ele nunca falhara em uma missão, e sentiu-se aliviado quando afinal encontrou um filete de água fresca no centro de uma montanha que parecia ser praticamente impenetrável.

Infelizmente, de toda a expedição restava apenas uma carroça e quatro soldados para protegê-la. Maltazard e seus comandados encheram de água até a borda o único barril e retomaram o longo caminho para a aldeia.

O valor daquela mercadoria triplicou a cobiça das tribos vizinhas, e a viagem de volta foi infernal.

Era o fim dos bons princípios, das regras de cortesia e do cavalheirismo. Maltazard defendeu seu bem como um cão faminto defende o osso. Tornava-se mais cruel a cada dia e não hesitava em partir em dois qualquer um que representasse uma ameaça. Trocou a arte da defesa pela arte do ataque, afirmando ser esta a melhor estratégia para evitar qualquer problema. Uma boa investida, rápida e sanguinária, evitava qualquer discussão e defesas trabalhosas.

Sem perceber, Maltazard transformava-se em uma fera enraivecida, que não tinha limites e estava cega pela missão.

Seus últimos soldados morreram em meio a combates sangrentos, e ele terminou a viagem sozinho, puxando com as próprias mãos a carroça que transportava o barril com o precioso líquido.

Um dia ele chegou à aldeia ao amanhecer. Foi recebido com um impressionante clamor, uma acolhida reservada apenas para os heróis de verdade, como aqueles que pisam na Lua ou descobrem uma vacina que protege populações inteiras contra uma doença. Maltazard foi carregado pela aldeia e jogado para o alto pelos braços dos mais fortes como um salvador.

Quando se viu diante do imperador, Maltazard só teve tempo para informar que cumprira sua missão. Em seguida desmaiou de exaustão.

Selenia ouvia Maltazard contar sua história. Embora estivesse muito interessada, seu rosto não demonstrava nenhuma emoção. Ela conhecia os poderes daquele mágico, e ele certamente devia manipular as palavras tão bem como manipulava as armas.

– Alguns meses mais tarde, as doenças e os feitiços que haviam sido lançados sobre mim durante a viagem começaram a... modificar meu corpo – prosseguiu ele, emocionado.

O restante da história era a parte mais trágica e dolorosa de contar.

– Aos poucos, o medo foi tomando conta da aldeia. As pessoas temiam ser contaminadas. Quando eu me aproximava, elas se afastavam. Ninguém mais falava comigo, ou muito pouco. Os sorrisos eram corteses, mas forçados. Quanto mais meu corpo se deteriorava, mais as pessoas fugiam de mim. Acabei ficando sozinho na minha cabana, isolado do resto do mundo. Sozinho com minha dor, sem ninguém para compartilhá-la. Em poucos meses eu, Maltazard, o herói, o salvador da aldeia, me transformara em Maltazard... o Maldito! Até o dia que resolveram não pronunciar mais meu nome e me chamar apenas por uma letra: M., o Maldito!

O príncipe destronado parecia muito perturbado por ter despertado tantas recordações dolorosas.

Durante alguns segundos Selenia sentiu pena dele. Não era de seu feitio zombar do sofrimento alheio, mas ela tinha a firme intenção de, com calma, restabelecer a verdade.

– A versão que se encontra no Livro da História é um pouco diferente – comentou.

Intrigado com a observação, Maltazard aprumou o corpo. Ele ignorava que sua vida houvesse sido incluída no Livro da História.

– E o que diz a versão oficial? – perguntou com uma ponta de curiosidade.

A princesa repetiu no seu tom de voz mais neutro o que aprendera na escola:

– Naquela época, meu professor de história era Miro, a toupeira...

Quem melhor do que Miro, com seus 15 mil anos de existência, para contar a grande História? Selenia adorava as aulas dele. Miro se entusiasmava tanto quando descrevia as grandes batalhas que era como se estivesse participando delas, e até chorava quando recordava os casamentos e as coroações que tivera a honra de organizar. Cada vez que mencionava as grandes invasões, ele se empolgava tanto com a narrativa que subia nas mesas, imaginando-se cercado por todos os lados e lutando sozinho contra o invasor. Terminava as aulas encharcado de suor e costumava ir direto para casa fazer uma boa sesta.

Miro conhecia a história de Maltazard de cor e salteado. E, provavelmente, era a única que contava com muita calma. E com muito respeito.

Era verdade que Maltazard partira da aldeia como herói e com a bênção do imperador; que a expedição durara vários meses e que fora terrível; e que ele aprendera a fazer a guerra segundo os princípios da honra e do respeito, mas também era verdade que fora obrigado a repensar rapidamente suas teorias.

Fragilizado pela seca, o mundo exterior transformara-se em um inferno onde, para sobreviver, era preciso ser um diabo. Muitas das narrativas sobre seus feitos, que eram trazidas por alguns vendedores ambulantes ou viajantes perdidos, originavam-se de regiões longínquas, e era assim que os minimoys acompanhavam o declínio de seu herói, que, cansado de ser agredido, começava a saquear exatamente como os outros. Ele lutava por uma causa nobre e pela sobrevivência de seu povo, mas pilhava e massacrava para justificar seus fins.

Essa contradição incomodava a todos: Maltazard roubava e matava em nome da sobrevivência, em nome dos minimoys.

A população não sabia mais o que pensar. Finalmente, o Grande Conselho reuniu-se e iniciou um debate que durou dez luas. Todos os membros saíram exaustos, porém com um novo texto nas mãos ao qual deram o título de *O grande livro dos pensamentos*.

Esse texto serviria de base para uma grande reorganização social, que o imperador colocou em prática imediatamente e cujo objetivo era formar uma sociedade mais justa, fundamentada no respeito às pessoas e às coisas.

A aldeia transformou-se em poucas semanas. Nada podia ser podado ou arrancado sem que antes se fizesse uma reflexão sobre as conseqüências desse gesto. Não se jogava mais nada fora. Todos os minimoys se reuniam para tentar descobrir como recuperar ou reutilizar o que quer que fosse. Isso estava diretamente relacionado ao terceiro mandamento, que se fundamentava em uma frase que Arquibaldo, o Benfeitor, pronunciara alguns anos antes e que ficara gravada em suas mentes:

"Nada se perde, nada se cria, tudo se transforma".

Embora tivesse explicado que a frase não era de sua autoria, isso não tinha a menor importância.

O segundo mandamento havia sido copiado de um livro que o mesmo Arquibaldo mencionara com freqüência, mas cujo título ninguém conseguia lembrar. "Ama e respeita teu próximo como a ti mesmo." Esse mandamento era muito apreciado entre os minimoys, e todos o praticavam com uma aplicação ímpar. As pessoas sorriam mais umas para as outras, cumprimentavam-se e convidavam-se mutuamente para compartilhar as refeições, mesmo a seca tendo escasseado os alimentos de forma considerável.

O primeiro mandamento havia sido inspirado diretamente na desventura de Maltazard e era, sem dúvida, o mais importante: "Nenhuma causa merece a morte de um inocente". O Conselho adotara a frase sem discussão e escolhera-a por unanimidade como o primeiro mandamento. No total, havia 365 mandamentos. Um para cada flor. E qualquer minimoy que se considerasse digno desse nome devia praticar um todos os dias.

Se durante a viagem Maltazard mudara tanto de aparência, a sociedade dos minimoys também havia percorrido um longo caminho. Tanto que, no dia em que ele voltou para a aldeia com uma carroça puxada por dez escravos que aprisionara durante a viagem, a acolhida foi bem menos calorosa.

Claro que o imperador agradeceu a água salvadora e mandou armazená-la imediatamente, porém Maltazard não teve direito à festa que esperava.

Primeiro o povo libertou os escravos e deu-lhes comida para que pudessem se alimentar durante alguns dias. Em seguida, todos rezaram demoradamente pelos minimoys que haviam morrido na expedição. Maltazard era o único sobrevivente. Portanto, ele também era o único que sabia em que condições as tropas haviam sido dizimadas, e muitos minimoys tiveram lá suas dúvidas quanto às circunstâncias exatas de tais mortes.

Mas Maltazard não dava a menor importância às insinuações. Ele narrava suas proezas com prazer e descrevia-as animadamente, e sempre colocava sua valentia e coragem em primeiro lugar. E, cada vez que repetia a história, ele a aumentava um pouco.

Em vista do oitavo mandamento, que afirmava que todas as pessoas tinham o direito de se expressar livremente, e do mandamento 347, que enfatizava que era falta de educação interromper uma pessoa enquanto ela estivesse falando, todos ouviam-no com delicadeza.

Não demorou muito para que ninguém mais se interessasse pelas proezas de Maltazard, o Glorioso. Se todos os seus homens não tivessem morrido em circunstâncias misteriosas, ele poderia ter compartilhado suas recordações com eles.

E assim Maltazard acabou sozinho. Sozinho consigo mesmo. Sozinho com seu passado.

Miro aconselhara que lesse *O grande livro dos pensamentos*, mas Maltazard se recusou, afirmando que o livro não o interessava. Além do mais, como puderam escrever uma obra dessas sem pedir sua opinião?

Ele que percorrera as Sete Terras em todas as direções, que combatera os povos mais temidos, que enfrentara tempestades indescritíveis, que sobrepujara animais que nem a imaginação mais delirante teria sido capaz de inventar? Toda essa experiência não foi nem sequer levada em consideração, e Maltazard estava profundamente magoado.

— Escrevemos um guia de boa conduta e não um manual de guerra — respondera Miro.

A resposta enfureceu Maltazard. Ele partiu da aldeia e passou a freqüentar todos os bares da vizinhança, onde contava suas proezas de guerra para quem se dispusesse a ouvir.

Todos os dias mergulhava cada vez mais na bebida e na libidinagem, a ponto de freqüentar os piores insetos, muitas vezes venenosos, e tornar-se amigo de uma jovem coleóptera, que parecia inofensiva mas que...

— Cale-se! — gritou de repente Maltazard.

A história oficial tornara-se insuportável a seus ouvidos.

Selenia sorriu. A testa coberta de suor de Maltazard indicava que havia fortes razões para que a versão dela da história estivesse mais próxima da verdade do que aquela que ele contara pouco antes.

— Eu só fiquei com ela durante alguns minutos — defendeu-se o mágico, como um acusado que acaba de ser desmascarado.

— Mas você passou seus poderes para ela, e ela deu os dela para você — objetou a princesa, sempre muito atenta.

— Agora chega! — gritou furioso Maltazard.

A raiva não lhe ia bem. Assim que começou a ficar irritado, as feridas do rosto entreabriram-se e deixaram escapar um gás fedorento, como se a pressão interna precisasse encontrar uma válvula de escape a qualquer preço.

Selenia estava tocada pela dor que transparecia no rosto de Maltazard, porém, por outro lado, não estava nem um pouco impressionada com aquilo que presenciava. Ela sabia que Maltazard não suportava que o contradissessem e muito menos que olhassem para ele com compaixão.

Para dar vazão a sua irritação, Maltazard fez meia-volta e começou a caminhar para cima e para baixo pelo imenso salão de mármore.

— Sim, eu festejei as minhas vitórias em alguns bares das vizinhanças. As pessoas gostavam tanto das minhas histórias que teria sido injusto da minha parte se não o fizesse.

— Era só o que faltava... — murmurou Selenia entre os dentes.

— Eu me lembro de uma noite, em particular, quando conheci uma nativa extraordinária, de excelente família... — defendeu-se Maltazard, contando a história ao seu modo.

— Uma *Coleroptis venemis*, agradável ao olhar, mas perigosa de freqüentar — esclareceu Selenia.

— Eu estava bêbado! — exclamou Maltazard, começando a mostrar seu verdadeiro rosto.

— Quando não se suporta bebida alcoólica, não se bebe — respondeu a princesa.

— Eu sei, eu sei — concordou Maltazard, irritado com o bom senso de Selenia. — Eu me deixei levar pelas recordações e pela bebida, e não me contive. Ela girava à minha volta, bebia as minhas palavras...

— ... enquanto você bebia Jocas Flamejantes — completou Selenia, que não perdia uma.

— Sim, é verdade! — concordou Maltazard, contrariado. — Estava escuro... é bem provável que ela tenha me beijado na penumbra... — admitiu finalmente muito triste. — Foi um beijo lânguido e venenoso. Logo depois, meu corpo começou a ser corroído pelo veneno e a se decompor. Foi assim que um beijo estragou minha vida.

— Um beijo foi suficiente para ligar você a ela pelo resto de seus dias. Você era um minimoy. Devia ter se lembrado disso — corrigiu-o Selenia.

Mas Maltazard não a ouvia mais. Ele estava mergulhado na nostalgia e na tristeza.

— Fui embora da aldeia e saí à procura de curandeiros capazes de eliminar aquele malefício. Servi de cobaia para todo tipo de poções, comi pratos asquerosos cobertos de cremes dos mais repugnantes. Até me mandaram comer uns vermes adestrados para alimentarem-se do veneno. Todos morreram antes de chegar ao meu estômago. Na Quinta Terra encontrei alguns videntes que me cobraram fortunas em troca de uns amuletos ridículos. Usei todas as raízes que podiam ser encontradas no reino, mas nada conseguia acalmar minha dor. Uma vida inteira arruinada por causa de um simples beijo...

Prostrado por aquela triste verdade que não conseguia esquecer, Maltazard suspirou.

– Da próxima vez, trate de escolher melhor sua companheira – aconselhou Selenia maldosamente.

O golpe baixo desagradou Maltazard, e ele lhe lançou um olhar tenebroso.

– Você tem razão, Selenia – respondeu, endireitando o corpo. – Da próxima vez, escolherei como minha companheira a mais bela de todas as minimoys, a flor maravilhosa que vi crescer e que sempre sonhei colher um dia.

Maltazard voltara a sorrir. Selenia ficou inquieta.

– Uma árvore curandeira teve a bondade de me revelar o segredo do remédio capaz de curar o mal que me atormenta.

– As árvores são sempre boas conselheiras – concordou a princesa, dando um passo para trás instintivamente.

No que fez muito bem, porque Maltazard também dera um em direção a ela.

– Apenas os poderes de uma flor real, livre e pura, conseguirá quebrar o encanto que me domina e fazer com que eu volte a ter uma aparência um pouco mais normal. Bastará um único beijo dessa flor adorável e eu estarei salvo.

Maltazard continuava avançando lentamente na direção de Selenia, como se quisesse testar a resistência de sua vítima.

– O beijo de uma princesa só tem poderes se ele ainda não tiver sido dado – respondeu Selenia, que sabia exatamente do que estava falando.

– Eu sei. Mas se meus informantes estão corretos, você ainda continua solteira – afirmou Maltazard com muita segurança e feliz porque sua armadilha estava prestes a se fechar.

– Seus informantes estão um pouco desatualizados – disse Selenia, simplesmente.

Maltazard ficou atento. Seria uma catástrofe se aquela notícia fosse verdadeira, pois seria a garantia de que passaria o resto da vida enfiado dentro daquela triste carcaça.

Darkos, que estava parado em um dos lados do salão, pigarreou e se aproximou.

Devia ser algo urgente para que infringisse o protocolo, que, geralmente, o obrigava a se fazer anunciar e aguardar até que o pai se dignasse a recebê-lo.

Com um pequeno sinal da cabeça, Maltazard autorizou que se aproximasse. Ele pressentira que a presença do filho indicava um assunto de suma importância.

Darkos chegou perto do pai com cuidado – nunca se sabia do que Maltazard seria capaz – e sussurrou algumas palavras ao seu ouvido.

Os olhos de Maltazard se arregalaram.

A princesa casara sem avisar! E nem sequer lhe mandara um convite!

Maltazard estava chocado. Qualquer esperança de um dia voltar a ter uma vida normal acabara de desmoronar em uma fração de segundos. Simplesmente assim: com uma mera notícia. Era como se a vida estivesse por um fio e dependesse apenas de um beijo.

Ele sentia a cabeça girar como se o adversário o tivesse atingido com um gancho durante uma luta de boxe.

Suas pernas começaram a fraquejar, mas ele conseguiu se recuperar do choque.

Afinal, era o que fazia havia luas: se recuperar, agüentar, pacientar. Absorvera mais golpes em sua vida do que um saco de pancadas.

Maltazard suspirou profundamente e tentou digerir mais essa derrota, irrevogável e amarga.

– Meus parabéns – disse, voltando-se para a princesa, que já se preparava para sua vingança. É mais inteligente do que eu pensava. Para não correr o risco de se deixar envolver pelo meu charme, você preferiu entregar seu coração ao primeiro que encontrou.

– Neste caso específico, acho que apenas a última parte da sua frase é verdadeira – respondeu Selenia com uma ponta de humor.

Maltazard virou de costas e aproximou-se lentamente da carroça das frutas.

– Você deu àquele menino um presente inestimável, cujo valor não só ele ignora como nem saberá como usá-lo. Você tinha o poder de salvar minha vida, mas não o fez. Não conte comigo para que eu poupe a sua – prosseguiu, pegando uma groselha enorme. – E, para que entenda o significado do meu calvário, você vai sofrer um pouco antes de morrer. Fique tranqüila, o sofrimento não será físico, apenas mental – concluiu com um pouco de sadismo.

Selenia esperou pelo pior.

– Antes de morrer, você verá com os próprios olhos seu povo sucumbir no meio do pior dos sofrimentos – continuou Maltazard com a voz rouca, na qual não transparecia nenhuma ambigüidade.

Há palavras para provocar o medo e palavras para dar medo. Essas deixaram Selenia petrificada de pavor.

Maltazard olhava para a groselha como se tivesse perdido qualquer interesse por aquele assunto. Ou talvez estivesse observando a fruta como observava suas vítimas antes de devorá-las.

Uma lágrima rolou pela face de Selenia. Ela sentiu seu sangue começar a ferver e uma onda de calor e ódio crescer dentro dela. Nada poderia detê-la. Pegou a espada, levantou o braço vingador e arremessou a arma com toda a força através do salão. A espada cortou o espaço como um raio e fincou-se no corpo de Maltazard, porém, infelizmente, em uma parte em que o príncipe maldito já não tinha mais carnes. Mas a arma cravou a groselha em um dos lados da carroça. Maltazard olhou para a espada que perspassava seu corpo sem, no entanto, feri-lo.

Pelo menos uma vez aquele corpo mutilado servira para alguma coisa, pensou espantado ao constatar como o destino brincava com sua vida. Poucos instantes atrás ele amaldiçoara aquele corpo mortalmente ferido e agora se alegrava por tê-lo.

O suco vermelho da cor do sangue gotejava da groselha trespassada pela lâmina. Ele colocou o dedo embaixo dela e colheu algumas gotas.

– Beberei o sangue do seu povo da mesma forma como bebo o sangue desta fruta – afirmou mais diabólico do que nunca.

Ao ouvir aquelas palavras, Selenia não sentiu medo, mas seu coração bateu mais forte.

Ela foi para cima de Maltazard, entretanto era tarde demais. Os seídas postados nas laterais do salão acorreram imediatamente e se posicionaram na frente de Darkos, que, mais rápido do que eles, se jogara primeiro diante do pai para protegê-lo de Selenia.

Os guardas a agarraram e imobilizaram.

Era impossível escapar das garras daquele monte de músculos e aço.

A princesa estava desarmada, humilhada, perdida.

Maltazard arrancou a espada encravada da carroça e voltou-se para Selenia. Examinou-a um instante, como se sentisse prazer no desespero daquela pequena garota.

– Não lamente nada, Selenia – disse com voz tranqüilizadora. – Eu teria exterminado seu povo mesmo se você tivesse se casado comigo.

Selenia ficou ainda mais desesperada e começou a chorar.

– Você é um monstro, Maltazard!

O Príncipe das Tênebras não pôde deixar de sorrir. Ele ouvira aquele insulto tantas vezes...

– Eu sei, e a culpa é da minha mulher – respondeu com um humor tão negro como seu olhar. – Levem-na! – ordenou, jogando a groselha de volta na carroça, sem nem mesmo prová-la.

capítulo 9

Arthur estava ajoelhado na frente das barras da janela da prisão. Ele sentia-se sem forças de tanto sacudi-las.

— Eu mal acabei de casar e já estou com a impressão de ter ficado viúvo. Viúvo e prisioneiro — reclamou muito zangado.

Essa conclusão foi suficiente para incutir-lhe um pouco de coragem. Ficou em pé e recomeçou a sacudir as barras da janela pela milésima vez, mas elas continuaram intactas. As barras haviam sido fabricadas para resistir a qualquer ataque.

— Betamecha! Precisamos sair daqui! Precisamos encontrar uma saída! — gritou mais para convencer o amigo do que a si próprio.

— Estou procurando, Arthur, estou procurando — garantiu Betamecha, que estava confortavelmente instalado em cima de uma cama minúscula feita de capim e parecia estar mais à procura de descanso do que de uma saída.

— Como pode pensar em dormir em uma hora dessas? — queixou-se Arthur, indignado.

– Mas eu não estou dormindo! – respondeu o pequeno príncipe, fugindo do assunto. – Estou reunindo todas as energias que utilizo normalmente para andar, falar e comer em uma única... energia... para...

– Dormir! – concluiu Arthur por ele, observando o amigo que, aos poucos, pegava no sono.

– É isso... – respondeu Betamecha, adormecendo de vez.

Arthur deu um pontapé no traseiro de Betamecha, o que funcionou tão bem como uma ducha fria, e o minimoy levantou da cama rápido como um raio. Arthur colou seu rosto no dele e perguntou:

– E os poderes? Onde estão os poderes que ela passou para mim quando me beijou?

– Ah, um beijo... um beijo é algo muito promissor, muito bonito – respondeu o pequeno príncipe.

– O que são esses poderes exatamente? – insistiu o jovem esposo.

– Ah, isso? Não sei – disse o irmãozinho da princesa sem vacilar.

– Como não sabe?

– Ora, os poderes são dela. Ninguém mais sabe o que foi que Selenia passou para você – respondeu Betamecha, como se fosse evidente.

Arthur ficou pasmo.

– Essa é boa! Selenia me passa os poderes dela, mas não diz quais são, caso eu precise deles para alguma coisa. Vocês, minimoys, têm uma idéia um pouco estranha de compartilhar as coisas – reclamou Arthur, a quem aquela situação incoerente começava a cansar.

– As coisas não funcionam assim entre nós – respondeu Betamecha com uma ponta de malícia. – Na nossa terra, quando você casa com uma pessoa é porque você a conhece e gosta dela. Quando o casamento é anunciado, ninguém é obrigado a dizer o que um dará ao outro. Você é quem deve saber o que vai receber.

– Mas eu só a conheço há um dia! – gritou Arthur, cada vez mais exasperado.

– É verdade, mas casou com ela, não foi? – replicou o irmãozinho, enfatizando a distração do amigo.

– Eu estava com uma espada apontada para minha garganta! – justificou-se Arthur.

– Ah, é? Você quer dizer que se não fosse a espada não teria se casado com Selenia?

– Claro que teria! – exclamou Arthur, começando a se enervar.

– E teria feito muito bem. O casamento foi muito bonito – concluiu Betamecha com sua lógica particular habitual.

Arthur olhou para o amigo como uma galinha olha para um controle remoto.

Ele se sentia igual àquele cavaleiro idoso, mais conhecido como D. Quixote, que lutava sem parar contra moinhos de vento. Mais um pouco e ele acabaria perdendo a calma de vez.

– Sim, o casamento foi muito bonito e eu prometo a você que, se não me ajudar a sair daqui, seu funeral será muito mais bonito!!! – ameaçou, agarrando Betamecha pelo pescoço com as duas mãos.

– Pára! Você está me sufocando! – gemeu Betamecha.

– Eu sei! E fico contente de saber que finalmente chegamos à mesma conclusão – gritou Arthur no ouvido dele.

– Parem de brigar! – ordenou uma voz no fundo do calabouço.

A voz era suave, porém parecia desgastada, provavelmente pelo sofrimento e pela idade.

– Não adianta nada você ficar maltratando esse pobre garoto nem essas barras fiéis, porque nada nem ninguém jamais conseguiu fugir de uma prisão de Necrópolis – prosseguiu o desconhecido, que estava deitado de lado no fundo da prisão.

Arthur examinou a penumbra para descobrir de onde vinha aquela voz cansada. Ele viu a silhueta de um homem deitado de lado, que deixava perceber apenas as costas encurvadas. Deve ser um pobre louco, pensou, porque precisaria ser um pouco louco para ficar naquele lugar sem tentar fugir. E recomeçou a sacudir as barras da janela.

– Não adianta ficar insistindo. É melhor poupar suas forças se quiser comer – interveio novamente o velho.

Arthur foi obrigado a aceitar que não estava fazendo nenhum progresso com as barras. Intrigado pelo conselho, aproximou-se mais do homem e perguntou:

– Como assim? Comer não é complicado. Por que preciso poupar minhas forças?

— Se quiser comer — explicou o velho sem mudar de posição —, você terá que ensinar a eles alguma coisa todos os dias. Do contrário não comerá. E não adianta trapacear. Eu tentei passar para eles alguns dos inventos mais antigos, que foram criados há um ano, mais ou menos, e não funcionou. Esses miseráveis têm uma memória de elefante. Provavelmente é a única coisa boa que têm. Enfim, a regra é a seguinte: de um lado eles enchem sua barriga, e do outro esvaziam seu cérebro. Neste lugar o conhecimento é a única riqueza, e dormir é o único luxo — concluiu, enquanto tentava encontrar uma posição mais confortável para mergulhar novamente no sono.

Claro que Arthur ficou muito intrigado. Ele coçou a cabeça. Embora a voz não fosse familiar, alguma coisa nela lembrava-o de algo, ou melhor, de alguém.

— Que tipo de coisa eles querem saber? — perguntou não apenas para conhecer a resposta, mas também porque queria ouvir aquela voz mais uma vez.

— Sei lá... eles não são muito exigentes. Engolem qualquer coisa, desde leis da física e da matemática até como cozinhar ervilhas. De teoremas a chá de hortelã — respondeu o homem com ironia.

O bom humor surpreendeu Arthur. Ele conhecia apenas uma pessoa que seria capaz de manter certo distanciamento em uma situação como aquela. Uma pessoa querida, que desaparecera fazia muito tempo.

— Eu lhes ensinei a ler, escrever, desenhar...

– ... a pintar! – finalizou Arthur por ele, sem ousar acreditar no que acabara de perceber.

Será que aquele velho era seu avô Arquibaldo, que sumira quatro anos antes? Além da voz, como poderia certificar-se de que era ele mesmo?

Quando o avô desapareceu, Arthur ainda era muito pequeno e, mesmo que se lembrasse dele fisicamente, com o passar dos anos as feições de seu rosto deveriam ter desbotado um pouco.

Agora que estava com dois milímetros de altura e parecia um minimoy, reconhecê-lo seria ainda mais difícil. Mas o homem também ficara intrigado com as últimas palavras de Arthur.

– Como disse, meu rapaz? – perguntou polidamente.

– Eu disse que o senhor ensinou a eles a desenhar e pintar telas imensas para enganar o inimigo. E também a transportar água e aprisionar a luz com a ajuda de grandes espelhos...

"Como, diabos, esse menino sabe tudo isso?", perguntou-se o companheiro de cela.

O velho homem virou-se de frente para ver o rosto de seu interlocutor.

– É verdade. Mas como sabe tudo isso?

Arthur examinou o velho rosto barbudo. Viu duas covinhas engraçadas, um par de olhos que ainda brilhavam e algumas rugas no canto da boca provocadas por muitos sorrisos. Ele não tinha mais nenhuma dúvida: aquele minimoy um pouco desgastado era seu avô Arquibaldo.

– Por que sou o neto do inventor – respondeu muito emocionado.

Arquibaldo não conseguia acreditar. Conteve a alegria que sentia crescer dentro dele.

– ... Arthur? – murmurou finalmente como se pedisse a lua.

O menino abriu um grande sorriso e anuiu com a cabeça.

Mesmo assim, Arquibaldo ainda não conseguia acreditar no que seus olhos maravilhados viam. A vida acabara de lhe dar o mais belo presente de todos os presentes de Natal. Levantou-se e abraçou Arthur.

– Meu neto! Meu Arthur! Como estou feliz de ver você! – exclamou entre duas golfadas de emoção.

Os dois abraçavam-se com tanta força que quase não conseguiam respirar.

– Eu rezei tanto para ver você novamente, tocá-lo mais uma vez. Que alegria! As minhas preces foram atendidas! Obrigado, meu Deus!

Uma lágrima escorreu pela face enrugada. Ele afastou o neto um pouco para vê-lo melhor.

– Deixe-me olhar para você.

Arquibaldo devorou-o com os olhos, orgulhoso e feliz.

– Como você cresceu! É impressionante!

– Eu tenho a impressão de ter encolhido – respondeu Arthur.

– E encolheu mesmo – concordou Arquibaldo, e os dois começaram a rir.

Arquibaldo estava estupefato. Apalpou o neto novamente para ter certeza de que não se tratava de uma brincadeira de mau gosto de Maltazard ou de um de seus famosos truques mágicos, e que tudo não passava de uma ilusão. Mas os bracinhos de Arthur eram de fato de carne e osso, e ele não era mais a criancinha que conhecera.

Arthur transformara-se em um belo rapazinho, que toda aquela aventura amadurecera para sua idade. Arquibaldo estava realmente muito espantado com o neto.

– Como você veio parar aqui?

– Eu decifrei o enigma.

– O quê? Ah, é verdade. Eu havia esquecido completamente.

– Os matassalais receberam sua mensagem e vieram me ajudar a fazer a passagem.

– Eles vieram da África só por minha causa? – perguntou Arquibaldo, muito comovido.

– Vieram. Acho que eles gostam muito de você. E, no último momento, me confiaram a missão de libertá-lo.

– No que fizeram muito bem.

Arquibaldo estava encantado. Ele deu uns tapinhas no rosto do neto.

– É incrível! Você é um herói de verdade. Estou muito orgulhoso de você.

Ele passou um braço em volta dos ombros do neto e foi caminhando com ele até o colchão de palha, como se estivessem passeando no meio de um salão.

– Vamos, conte tudo. O que há de novo? Eu quero saber tudo sobre você – pediu o avô.

Os dois sentaram-se em cima do colchão.

Arthur não sabia por onde começar. A história era tão rica em detalhes, e tão complicada, que resolveu começar pelo fim.

– Bem... eu casei.

– É mesmo? – perguntou Arquibaldo, surpreso com a notícia. – Mas... que idade você tem?

– Bom... quase mil anos – respondeu Arthur para justificar o casamento.

– Ah, é verdade... – disse Arquibaldo com um pequeno sorriso no canto dos lábios.

Ele acabara de se lembrar que, quando o pequeno Arthur tinha apenas quatro anos de idade, ele queria comprar um canivete suíço porque achava que já estava bem grandinho para cortar a carne sozinho. Seu avô respondera que ele realmente já estava bem crescidinho, mas que para ter seu próprio canivete era preciso ser mais velho.

– E quantos anos eu preciso ter para ser velho? – perguntara o menino, que nunca desistia do que queria.

– Dez anos – respondera Arquibaldo para ganhar tempo. O tempo os havia alcançado e confirmado aquelas palavras.

– E quem é a feliz eleita? – perguntou o avô, tão curioso como um gato.

– A princesa Selenia – respondeu Arthur, sem ousar demonstrar demais seu orgulho.

– Eu não teria podido desejar uma neta mais maravilhosa – alegrou-se Arquibaldo. – Você já foi apresentado à família?

Arthur apontou o dedo para Betamecha, que dormia tranqüilo perto da janela.

– O corajoso Betamecha! Eu não o reconheci. Mas também é a primeira vez que o vejo tão tranqüilo. Parece que ele encontrou seu mestre – disse Arquibaldo, como se o elogiasse.

Um pouco sem jeito, Arthur deu de ombros.

– Meu pequeno Arthur casado com uma princesa! – exclamou Arquibaldo com uma expressão de incredulidade. – Você será o futuro rei, meu filho. O rei Arthur! – acrescentou solenemente.

Arthur não soube o que responder. Ele não estava habituado a receber tantos elogios.

– Um rei na prisão não é um rei de verdade. Vamos, vovô, precisamos sair daqui!

Arthur voltou ao seu lugar junto às barras da janela.

Com sua energia e os conhecimentos do avô, eles certamente encontrariam um jeito de sair daquela prisão infernal.

Mas Arquibaldo não se movera.

– E sua avó? Como ela está? – perguntou, ignorando o pedido do neto.

– Ela sente muito sua falta. Anda, vovô, vamos sair daqui!

– Nós vamos, nós vamos. E a casa? E o jardim? Ela está cuidando bem do jardim?

– O jardim está perfeito. Mas não sobrará nada dele nem da casa se não estivermos lá até o meio-dia com o tesouro – respondeu Arthur, puxando o avô firmemente pela manga da camisa.

– Está bem, meu filho, está bem. E a garagem? Você não mexeu em nada, não é mesmo? Você gostava tanto de montar coisas quando era pequeno – rememorou Arquibaldo com nostalgia.

Arthur plantou-se na frente do avô, segurou-o pelos ombros e sacudiu-o como se fosse um sonâmbulo.

— Vovô! Você ouviu o que eu disse?

Arquibaldo soltou-se das mãos de Arthur e suspirou.

— Claro que ouvi, Arthur! Mas ninguém jamais conseguiu fugir das prisões de Necrópolis. Ninguém — afirmou muito triste.

É o que veremos. Enquanto isso... você sabe onde está o tesouro?

Arquibaldo balançou a cabeça afirmativamente, como se fosse um cachorro de plástico na janela traseira de um carro.

— Está na sala do trono, e M., o Maldito está sentado em cima dele.

— Não por muito tempo — prometeu Arthur, com um entusiasmo renovado. — Selenia foi cuidar dele, e, se a conheço bem, não vai sobrar muita coisa daquele maldito Maltazard!

Ao ouvir aquele nome maléfico, aquele nome azarento, Betamecha acordou sobressaltado, porque quando Arthur se entusiasmava com alguma coisa ele sempre acabava aprontando alguma bobagem.

Arquibaldo fez o sinal da cruz para afastar o mau-olhado, mas era tarde demais. A infelicidade acabou batendo à porta.

A porta da prisão foi aberta. Um guarda jogou Selenia para dentro, e ela caiu de bruços no chão.

O seída trancou a porta à chave, e a patrulha afastou-se rapidamente.

Arthur correu até a princesa e a abraçou com ternura. Limpou aquele rostinho coberto de poeira e ajeitou os cabelos desalinhados.

Tocada por tanta delicadeza, Selenia não se defendeu. De qualquer forma, estava fraca demais para resistir.

— Eu fracassei, Arthur. Sinto muito — disse com uma tristeza infinita.

A princesa nunca se sentira tão perdida, tão desorientada. O que significava que seu coraçãozinho não era de pedra e que sua carapaça servia apenas para dissimular sua sensibilidade e a falta de confiança em si mesma.

— Tudo está perdido — acrescentou, deixando as lágrimas rolarem para onde bem quisessem.

Arthur enxugou-as delicadamente com a ponta dos dedos.

— Nada estará perdido enquanto estivermos vivos e nos amarmos — afirmou em um tom de voz suave e tranqüilizador.

Impressionada com aquele otimismo imbatível, Selenia sorriu.

Ela realmente escolhera bem. O olhar de Arthur refletia tantas coisas bonitas... ela via nele bondade, generosidade, mas também coragem e tenacidade. Todas as belas qualidades que transformam um homem em um príncipe. Selenia sorriu para ele, e seus olhos mergulharam nos de Arthur.

Mas havia um problema: quando Selenia olhava para ele daquele jeito, todo o resto deixava de ter qualquer importância. Era como se ela fosse uma fogueira no meio de um campo nevado, um guarda-sol no meio do deserto, o alívio que se sente quando coçamos as costas.

Arthur fitou-a e derreteu-se todo como uma pedra de gelo lançada nas brasas daquele olhar. Sem perceber, magnetizado pelos olhos de Selenia, tão maravilhosos como duas pérolas de amor, e pelos lábios, que brilhavam como o orvalho da manhã, debruçou-se sobre o rosto da princesa.

Suas bocas se aproximaram bem devagar, preguiçosamente, e suas pálpebras se fecharam lenta, doce e perigosamente.

No instante em que seus lábios iam se tocar, Betamecha enfiou a mão entre as duas bocas.

– Eu não quero atrapalhar, mas, apesar das circunstâncias, acho que seria melhor se respeitassem o protocolo e a tradição – disse, lamentando muito ter de interferir dessa maneira.

No mesmo instante, as palavras despertaram a jovem princesa do doce sonho no qual começava a se deixar embalar. Ela pigarreou, aprumou o corpo e arrumou um pouco a roupa, que estava toda rasgada.

– Betamecha tem mil vezes razão. Onde eu estava com a cabeça?

A princesa de verdade, a princesa oficial, acabara de voltar à cena. Arthur sentia-se tão frustrado como um cachorrinho que perdeu sua bola.

– Desculpem, mas... de que tradição estão falando?

– É uma tradição ancestral. Ela faz parte de uma das regras fundamentais do protocolo, aquela que exige que todos os casamentos sejam seguidos ao pé da letra – explicou a princesa.

– E isso quer dizer o quê? – perguntou Arthur, que, apesar das explicações, continuava sem entender nada.

– Depois do primeiro beijo, aquele que une os dois esposos para sempre, o casal precisa esperar mil anos antes de dar

o segundo – recitou a princesa, que conhecia o protocolo melhor do que ninguém.
É verdade que saber aquele tipo de coisa fazia parte das obrigações das pessoas do nível dela.
– O desejo deve ser comedido e a abstinência, praticada. Dessa forma, o segundo beijo não só terá ainda mais força e mais sabor, como fará mais sentido. Apenas o que é raro tem valor – declamou para acabar de vez com Arthur, que ficara arrasado com a notícia.
– Entendi... claro... – balbuciou como se acabasse de concordar que deveria pacientemente esperar mais mil anos por outro beijo.
Subitamente, a porta da prisão abriu-se com tanta violência que todos se assustaram. Darkos adorava fazer aquele tipo de entrada teatral e representar os homens maus que sempre entram em cena no pior momento para dar um novo impulso à trama.
– E então? Não estão com muito calor? – perguntou, quebrando um pedaço de gelo que pendia do teto e enfiando-o na boca.
Arthur teria preferido enfiá-lo em outro lugar de Darkos.
– A temperatura está perfeita – respondeu Selenia, fervendo por dentro.
– Meu pai preparou uma festinha para homenageá-los. Vocês serão os convidados de honra – anunciou pomposamente.
Como sempre, alguns seídas começaram a rir. Todos haviam entendido o duplo sentido, e os convidados também sabiam exatamente que tipo de festa os aguardava.

Arthur curvou-se um pouco para Selenia.

– Precisamos provocar uma briga! Alguns de nós conseguirão escapar no meio da confusão – cochichou ao ouvido da princesa.

– Você quer dizer alguma coisa, garoto? – intrometeu-se Darkos imediatamente, obedecendo às rígidas instruções do pai de manter-se sempre atento.

– Nada que possa interessá-lo. Arthur estava apenas me comunicando uma opinião intrigante – respondeu Selenia.

Era como se tivesse jogado uma isca para um peixe com ordens expressas para não comê-la. Darkos abocanhou o anzol na hora.

– E posso saber a respeito de quem é essa opinião? – perguntou com afetação para não demonstrar que estava muito interessado.

– Claro. É a respeito de você – respondeu com ironia a princesa.

Darkos empertigou-se, e seu peito inchou-se, imponente.

– Agora que conheço a pessoa de quem vocês estão falando, posso saber o que é intrigante? – perguntou Darkos.

– Arthur me perguntou como seu pai, que já é tão feio, conseguiu pôr no mundo um filho ainda mais asqueroso do que ele – disse Selenia, continuando em voz alta.

– Sua feiúra é intrigante – disse a princesa, como se fosse uma eminente estudiosa.

Darkos congelou como estava. O pedaço de gelo escapuliu de sua boca e caiu no chão.

Sempre atenta, a tropa de seídas recomeçou a rir.

Darkos deu meia-volta e encarou seus homens. Seu olhar estava mais afiado do que a lâmina de uma navalha, mas ele conteve a raiva que estava prestes a espocar como a rolha de uma garrafa de champanha.

O filho de M., o Maldito, respirou fundo e depois deixou a pressão sair.

Muito orgulhoso por não ter reagido à afronta, voltou-se para Selenia e sorriu.

– O sofrimento que a espera estará à altura do prazer que me aguarda – prometeu. – E, agora, se Vossa Alteza me der a honra de me acompanhar... – acrescentou com uma reverência.

Nenhuma briga à vista...

– Valeu a tentativa... – sussurrou Arthur para Selenia, que estava um pouco decepcionada porque havia fracassado mais uma vez.

O pequeno grupo saiu da prisão.

– Essa cerimônia improvisada não promete boa coisa – comentou Arquibaldo, muito impressionado e preocupado com a quantidade de guardas.

– Pelo menos saímos da prisão, o que já é um progresso – respondeu Arthur, que sempre via o lado positivo das coisas. – Precisamos ficar atentos e aproveitar o menor erro, a menor falha deles. É nossa única chance – acrescentou o novo príncipe.

– Esses soldados não parecem deixar margem para erros – falou Betamecha, que estava tão preocupado quanto Arquibaldo.

— Todo o mundo comete erros. Lembrem-se do calcanhar de Aquiles... — respondeu Arthur com muita segurança.

Arthur, Alfredo, Arquibaldo e agora Aquiles. Betamecha perguntou-se quem seria esse novo membro da família que ele ainda não tivera a honra de conhecer.

— É seu primo? — indagou, um pouco perdido entre os ramos da árvore genealógica.

Arquibaldo sentiu-se na obrigação de narrar a verdade histórica.

— Aquiles foi um grande herói da Antiguidade — explicou gentilmente o avô. — Ele era famoso por sua força e coragem e porque era invulnerável, ou quase. Sua fraqueza residia apenas em uma única parte do corpo, aquela que causaria sua morte: o calcanhar. Todos os seres humanos têm um ponto fraco, mesmo Aquiles, mesmo Maltazard — sussurrou o avô no ouvido de Betamecha, que se arrepiou todo quando ouviu esse nome, ainda que pronunciado baixinho.

capítulo 10

Foram necessários dez seídas para abrir cada uma das duas portas que davam para o grande salão real.

Sempre unidos, o pequeno grupo de prisioneiros acompanhou com interesse a abertura das duas imensas placas de metal, que guinchavam maldosamente e revelavam todo o ambiente.

O salão era gigantesco. Impressionante. Parecia uma catedral.

As duas enormes cisternas penduradas no teto lembravam duas grossas nuvens negras aprisionadas entre as montanhas. Na realidade, eram dois reservatórios de água subterrâneos que provavelmente serviam para alimentar o edifício, que parecia descomunal visto daquele ângulo. Os dois reservatórios estavam perfurados por dezenas de buracos, dentro dos quais estavam enfiados os canudos que os seídas haviam roubado de Arthur. Os canos listrados estavam interligados e juntavam-se no centro, formando uma canalização gigantesca.

O objetivo de Maltazard estava perfeitamente claro agora: ele usaria os canudos para levar a água pela canalização que desembocava na aldeia dos minimoys e inundá-la.

A inundação logo se transformaria em um extermínio, pois, como era do conhecimento de todos, os minimoys não sabiam nadar.

– Quando penso que fui eu quem lhes ensinou a transportar a água e que eles irão utilizar esse conhecimento contra nós! – lamentou-se Arquibaldo ao passar debaixo daquela obra.

– Quando penso que fui eu que forneci os canudos! – acrescentou Arthur, sentindo-se igualmente responsável.

O pequeno grupo cruzou a esplanada monumental, que parecia não ter fim.

O poderoso exército dos seídas estava postado de cada lado. Todos os guardas estavam imóveis e em posição de atenção.

No final da esplanada havia uma pirâmide vermelha quase transparente. Quando o grupo chegou mais perto, viu que era composta de vários pedaços de pedras translúcidas, encaixadas umas em cima das outras.

Ao pé daquele monumento de vidro havia um trono lúgubre e luxuoso demais para pertencer a um rei bondoso.

Maltazard apoiava as mãos nos braços do trono, cujas extremidades haviam sido esculpidas com caveiras de rostos imensos. Ele estava sentado no trono com as costas eretas, não para acentuar sua arrogância, mas porque era a única posição que seu pobre corpo enfermo lhe permitia.

– Você não estava procurando seu tesouro? Aqui está ele! – murmurou Arquibaldo no ouvido do neto.

Arthur não entendeu imediatamente o que o avô queria dizer. Olhou em volta até seus olhos se fixarem naquela pirâmide estranha. Só então percebeu que as pedras vermelhas eram centenas de rubis, um mais perfeito do que o outro, empilhados cientificamente para formarem uma pirâmide. Ele ficou imóvel, boquiaberto, admirando aquele monumento de valor inestimável, aquele tesouro que acreditara que jamais encontraria.

– Eu encontrei! – gritou em um impulso incontido de orgulho.

– Certo, você encontrou. Mas transportá-lo é outra história – opinou Betamecha, que, aparentemente, recuperara seu bom senso.

De fato, o tesouro estava arrumado em cima de uma bandeja, e cada pedra devia pesar várias toneladas.

Arthur refletiu. Transportar aquela bandeja cheia de rubis seria uma brincadeira de criança se estivesse com seu tamanho habitual. O ideal seria marcar o lugar exato do tesouro e recuperá-lo depois, quando voltasse ao seu estado normal.

Infelizmente nada era normal no mundo dos minimoys. Os indícios tornavam-se irreconhecíveis, e nada do que ele via parecia familiar.

Darkos deu um empurrão violento nas costas do garoto, arrancando-o de suas divagações.

– Anda! Não deixe o mestre esperando! – latiu como um bom cão de guarda que era.

– Calma, meu bom e fiel Darkos – acalmou-o Maltazard, o mestre compreensivo. – Desculpem-no. Ele anda um pouco nervoso. Recebeu ordens para exterminar seu povo, mas, infelizmente, tem fracassado regularmente em sua missão. Mas agora tudo ficará em ordem. Papai está aqui.

Plenamente consciente de sua enorme superioridade, Maltazard se deleitava com a situação, procurando esticar o tempo como se estivesse comendo uma fatia de torta com chantilly.

– E agora... que a festa comece! – exclamou tão entusiasmado como se tivesse ganhado na loteria.

Estalou os dedos, e a música começou. Tonitruante. Altíssima. Insuportável. Arquibaldo tapou os ouvidos com os dedos.

Maltazard fez um gesto com o braço. Devia ser o sinal para o início da cerimônia.

Do lado da pirâmide de rubis havia uma mesa e um painel de comando com uma dezena de grossas alavancas de madeira. Em pé, na frente da mesa, uma pequena toupeira preparava-se para acionar as alavancas. Ela parecia muito triste.

Na mesma hora, Betamecha reconheceu o amigo:

– É o Mino!

Sim, era Mino, o filho de Miro, que todos acreditavam estar perdido para sempre. Ele estava vivo!

A notícia alegrou muito o pequeno grupo, especialmente Selenia e seu irmão, que, quando crianças, costumavam brincar com ele quase todos os dias. Adoravam brincar de esconde-esconde, e é claro que Mino, com sua facilidade para escavar túneis, ganhava sempre. Eles haviam passado noites seguidas deitados em cima de pétalas de selenela, juntando as estrelas para dar-lhes forma. Os três haviam sido inseparáveis até o dia em que Mino caiu dentro de uma das armadilhas de Darkos.

Betamecha fez um sinal discreto para o amigo, mas a pequena toupeira, como todos os membros de sua família, não enxergava muito bem.

Mino percebeu uma forma vaga que parecia acenar para ele com sinais aparentemente amigáveis. Se sua visão não era excelente, o mesmo não acontecia com seu olfato, e o perfume delicioso de Selenia invadiu suas narinas.

Seu semblante iluminou-se lentamente, e um sorriso embelezou seu rostinho. Seus amigos haviam chegado para socorrê-lo. Seu coração começou a bater mais forte, e ele sentiu um ar de liberdade entrar pelos pulmões.

– Ei! Mino! Acorda! Estou dando o sinal há um tempão! – gritou Maltazard, tão impaciente como um tubarão faminto.

Mino ficou afobado.

– Sim, senhor! Sim, mestre! Imediatamente, mestre! – respondeu Mino com uma reverência.

Darkos voltou-se para Maltazard.

– Ele não enxerga muito bem, todos são assim na família – explicou para o pai, que o fuzilou com os olhos.

Darkos esquecera completamente que ninguém explicava nada para Maltazard. Ele abaixou a cabeça e deu um passo para trás em sinal de desculpa.

– Não há nada que Maltazard não saiba. Eu *sou* o conhecimento, e, ao contrário de você, meu filho, minha memória é ilimitada e não falha nunca – ralhou o pai com uma autoridade excessiva.

– Peço desculpas por este momento de distração, meu pai – respondeu o filho, muito envergonhado.

– Comece! – gritou Maltazard para Mino.

A pequena toupeira sobressaltou-se e hesitou um instante, como se não soubesse qual alavanca devia acionar primeiro.

Finalmente puxou aquela que parecia ser a certa e que colocou em movimento um sistema complicado de engrenagens, cordas e roldanas.

— Estou tão feliz por ele estar vivo! — murmurou Betamecha, com uma expressão de alegria no rosto.

— Você não está vivo quando trabalha para Maltazard. A sentença é apenas adiada — respondeu Arquibaldo, que sabia do que estava falando.

O mecanismo abriu um pequeno alçapão localizado no teto, bem lá no alto.

A abertura dava direto para o exterior. Um raio de sol penetrou por ela e formou um poço de luz que iluminou o topo da pirâmide formado por rubis ainda maiores do que os outros. Todas as faces das pedras preciosas, cuidadosamente arrumadas, reverberaram uma luz avermelhada para os outros rubis, que passaram a refletir o feixe de luz. Começando pelo topo até chegar à base, a pirâmide inteira iluminou-se aos poucos de uma luz vermelho-escuro belíssima, que cintilava como se um sangue transparente estivesse correndo pelas veias do cristal.

O espetáculo era deslumbrante, e, apesar da situação delicada em que se encontrava, o pequeno grupo de amigos não deixou de apreciá-lo.

O raio de luz terminou sua descida e iluminou o último rubi, aquele que Maltazard tivera a péssima idéia de incrustar no trono onde estava sentado.

Seu corpo inteiro luziu como uma aparição divina.

Um clamor ergueu-se das colunas do exército. Alguns soldados chegaram a cair de joelhos. Esse tipo de passe de mágica sempre impressionava as mentes mais ingênuas, e Maltazard, que era um bom prestigitador, conhecia todos os truques.

Por seu lado, Arquibaldo, um cientista experiente, e portanto o único que não estava impressionado com aquele jogo de luzes, não conseguia deixar de achar tudo aquilo muito divertido.

– E, então, Arquibaldo? Você não fica orgulhoso ao ver como aplicamos seus conhecimentos? – perguntou Maltazard, que só queria ouvir uma resposta.

– É muito bonito. Mas, além de deixar suas bochechas um pouco mais vermelhas, não parece ter muita utilidade.

O Príncipe das Tênebras retesou o corpo, mas preferiu não fazer nenhum comentário.

– Você prefere meu novo sistema de irrigação? – perguntou irônico.

– O sistema está realmente bem construído e é muito inteligente – admitiu Arquibaldo. – Pena que o objetivo inicial da sua utilização tenha sido deturpado.

– Como assim? O objetivo inicial não era transportar água? – perguntou Maltazard, fazendo-se de bobo.

– Sim, era, mas para irrigar as plantas e refrescar as pessoas. Não para inundar as terras – lembrou o cientista.

– Meu caro Arquibaldo, nós não só vamos inundá-las como também afogar, pulverizar, massacrar e eliminar o povo minimoy para sempre – especificou Maltazard, muito entusiasmado.

– Maltazard, você é um monstro! – respondeu calmamente o velho cientista.

– Eu sei, a esposa do seu neto me disse a mesma coisa. E você? Quem você pensa que é? Com que direito você desvia a natureza do caminho que ela traçou para si mesma? Quem é você para achar que a natureza precisa das suas invenções para aperfeiçoar seu curso?

Arquibaldo não tinha resposta para aquelas perguntas. Maltazard marcara um ponto.

– Sabe, esse é o problema com vocês, cientistas. Vocês inventam coisas sem nem ao menos avaliarem as conseqüências – acusou Maltazard. – A natureza demora anos para tomar uma decisão. Ela gera uma flor e faz testes durante milhões de anos antes de decidir qual será seu lugar na grande roda da vida. Vocês não. Vocês inventam e imediatamente se autoproclamam 'gênios' e gravam seus nomes nas lajes do panteão da ciência.

Maltazard deu uma risada zombeteira.

Darkos imitou o pai e também riu, mesmo não tendo entendido patavina do que ele acabara de dizer.

– É tão pretensioso! – acrescentou o ditador com desprezo.

– A pretensão pode ser perigosa, mas felizmente não é mortal, meu caro Maltazard. Se fosse, você morreria mil vezes por dia – revidou Arquibaldo.

Mais uma vez, o soberano não reagiu à afronta. Contudo aqueles insultos começavam a incomodá-lo.

– Vou tomar suas palavras como um elogio, porque eu considero a pretensão necessária para qualquer soberano que se preze – corrigiu-o Maltazard.

– A palavra soberano não passa de um título. Para ser um soberano é preciso saber conduzir-se como tal, ser bom, justo e generoso – afirmou Arquibaldo.

— Que bela imagem! Igualzinha a mim, sem tirar nem pôr — ironizou Maltazard.

Darkos deu uma risadinha. Dessa vez ele entendera a piada.

— Aliás... vou provar a você que eu também posso ser bom e generoso. Vocês estão livres! — anunciou fazendo um amplo gesto teatral.

Alguns seídas levantaram a grade que obstruía a canalização principal que terminava diretamente na aldeia dos minimoys, para a qual todos os canudos estavam apontados. Arquibaldo percebeu na hora a armadilha.

— Você está nos oferecendo a liberdade e a morte ao mesmo tempo? — perguntou, consciente do perigo.

— Não é um sinal de generosidade oferecer duas coisas ao mesmo tempo? — respondeu Maltazard com seu sadismo habitual.

— Assim que estivermos na metade do caminho você derramará toneladas de água sobre nós! — exclamou a princesa, que acabara de entender o que ele pretendia.

— Selenia, você deveria pensar menos e correr mais — observou o senhor todo-poderoso.

— Para que correr se temos uma chance em um milhão de escaparmos vivos daqui?

— Uma chance em um milhão? Acho que você está sendo um pouco otimista. Eu diria que é uma chance em cem milhões — corrigiu Maltazard, sorrindo. — Mas é melhor do que nada, não é mesmo? Andem! E boa viagem!

Com um gesto um pouco desajeitado, Maltazard ergueu o braço e deu o sinal para os seídas começarem a empurrar o tubo.

Betamecha tremia como uma vara verde, mas Arthur finalmente tivera uma idéia.

– Antes de morrer posso pedir um último favor a Vossa Alteza Sereníssima? Um favorzinho minúsculo, que só engrandecerá a bondade extrema de Vossa Majestade – pediu pomposamente, curvando-se como um escravo.

– Esse menino me agrada – admitiu Maltazard, que sempre havia sido muito sensível a qualquer bajulação. – E que favorzinho seria esse?

– Eu gostaria de dar este relógio, a minha única riqueza, para meu amigo Mino, que se encontra neste recinto.

A pequena toupeira ficou muito surpresa com o repentino interesse que todos demonstravam por ele, especialmente aquele menino que ele nunca vira antes.

Maltazard olhou para o pequeno relógio que Arthur segurava debaixo do seu nariz. Por mais que o farejasse, não percebeu nenhuma armadilha.

– Concedido! – disse finalmente.

Os seídas, que pela primeira vez puderam constatar a grande generosidade do mestre com seus próprios olhos, começaram a aplaudir.

Enquanto Maltazard se deleitava com os aplausos e as lisonjas da corte, Arthur correu até Mino.

– Foi seu pai que me mandou aqui – sussurrou ao ouvido da pequena toupeira.

Tirou o relógio e colocou-o no pulso de Mino.

– Depois que eu for embora, você precisa encontrar um jeito de me enviar um sinal para que eu saiba onde está o tesouro. Mas o sinal precisa ser enviado sem falta ao meio-dia em ponto, entendeu? – explicou Arthur, que não tinha muito tempo para falar.

Mino entrou em pânico.

– Mas como vou fazer isso?

– Com os espelhos, Mino! Com os espelhos! – respondeu Arthur, jogando sua última cartada. – Entendeu?

Completamente desorientado, Mino concordou, fazendo que sim com a cabeça, mais para agradar Arthur do que por outro motivo.

– Chega! Minha clemência tem limites! Levem-no! – ordenou Maltazard.

Saciado com os elogios reiterados da corte, ele precisava de um pouco de ação. Os guardas agarraram Arthur e jogaram-no no meio dos outros, que já estavam na frente da boca do tubo gigantesco.

Sem saber o que fazer, Mino observou seu novo amigo se afastar.

– Até o meio-dia – sussurrou Arthur, gesticulando exageradamente para se fazer entender.

Os seídas empurraram o pequeno grupo dentro do tubo. A grade fechou-se atrás deles, separando-os do salão, deixando apenas uma saída.

Diante deles havia aquele tubo comprido que os conduziria a uma liberdade que eles jamais alcançariam. O tubo também seria seu túmulo.

A idéia daquela morte inevitável deixara todos muito deprimidos. Ninguém estava com vontade de correr. Para quê? Para adiar o sofrimento por alguns segundos? Era melhor que tudo terminasse logo, e, assim, permaneciam parados e desanimados na frente da grade.

O espetáculo não era nada divertido. Maltazard suspirou.

– Vou dar um minuto de vantagem a vocês. Para animar um pouco! – informou, sempre pronto a mudar as regras do jogo para criar um clima de suspense.

Darkos ficou entusiasmadíssimo com a notícia.

– Tragam a mesa do tempo! – gritou.

Imediatamente, dois seídas entraram carregando um quadro enorme. No centro havia um prego com um monte de folhas secas espetadas. Na primeira folha estava escrito o número 60.

Agarrada à grade, Selenia observava Maltazard. Seus olhos destilavam tanto veneno que ela torcia para que uma gotinha chegasse até ele.

– Você acabará no inferno! – murmurou entre os dentes.

– Ele já está lá – respondeu Arthur, segurando-a pelo braço. – Anda! Corre!

– Para quê? Para morrer daqui a pouco? Eu prefiro ficar aqui, encarar a morte de frente e morrer com dignidade – respondeu a princesa, recusando-se a atender o pedido de Arthur e tentando soltar o braço das mãos dele.

O garoto segurou o braço da princesa com mais força ainda.

– Um minuto é melhor do que nada. É tempo suficiente para encontrarmos uma saída – gritou muito seguro de si.

Selenia ficou impressionada. Era a primeira vez que ele usava um tom autoritário com ela. Estaria seu pequeno príncipe, que até então fora sempre meio estabanado, transformando-se em um homenzinho?

Arthur pegou a mão dela, puxou-a atrás dele e obrigou a princesa a correr. Admirada com a determinação e a coragem de seu jovem amigo, Selenia deixou-se arrastar.

Ao ver que os dois saíam correndo, Maltazard alegrou-se.

– Finalmente um pouco de diversão! Comecem a contagem regressiva! – comandou todo alegre.

O seída arrancou a primeira folha seca, a de número 60, e deixou à mostra a seguinte, marcada com um belíssimo 59.

O relógio era tão rudimentar que qualquer suíço teria passado mal se o visse. Mas Maltazard estava adorando. Ele balançava a cabeça ao ritmo das folhas secas à medida que elas eram arrancadas do prego uma por uma.

– Preparem as comportas! – ordenou entre dois meneios.

Tão agitado como um peixe, Darkos posicionou-se, e o seída-relojoeiro abriu uma nova folha seca, marcada com o número 52.

capítulo 11

O grupo de prisioneiros corria tão rápido como podia no meio dos detritos e da camada de imundície que se havia depositado no fundo do tubo ao longo do tempo. Arquibaldo cansou logo e começou a ficar para trás. Ele passara quatro anos nas prisões de Maltazard sem fazer o menor exercício, e os músculos de suas pobres pernas estavam bastante atrofiados.

– Sinto muito, Arthur, mas não posso continuar – lamentou o avô, parando de vez.

Arquibaldo sentou-se em cima de um objeto redondo que estava encaixado em cima de outro, muito maior. Arthur deu meia-volta e parou na frente do avô, que disse, suspirando:

– Vão vocês. Vou ficar e aguardar meu fim com o pouco de dignidade que ainda me resta.

– Nada disso! Não vou abandonar você aqui. Vamos, vovô, faça um esforço, por favor – pediu o neto com firmeza.

Arthur segurou-o pelo braço, mas Arquibaldo se soltou.

– Para quê, Arthur? Olhe, vamos enfrentar a realidade: nós estamos perdidos.

Ao ouvirem essas palavras, os outros logo desanimaram. Para que lutar se até um cientista acreditava que as probabilidades de sobreviver eram nulas? A matemática era implacável, e o tempo não parava jamais.

Muito tristes, os membros do grupo sentaram no chão, um por um.

Arthur suspirou. Ele não sabia mais o que fazer.

Enquanto isso, Maltazard, que não estava nem um pouco deprimido, continuava colecionando folhas secas. Quando chegou à de número 20, ele ficou tão feliz que quase começou a cantarolar.

– Todos esses acontecimentos me deram fome. O que temos para beliscar? Adoro petiscar enquanto assisto a um espetáculo – disse, divertindo-se como um rei.

Um dos seídas trouxe imediatamente uma travessa cheia de baratinhas fritas, o prato preferido de Sua Alteza. Em todos os aposentos do palácio havia sempre uma travessa cheia daquele petisco delicioso. Seria mais simples mandar um carregador de guloseimas segui-lo o dia todo, mas Maltazard sempre recusara a idéia. Ele sentia tanto prazer em beliscar as baratinhas como em observar sua corte entrar em pânico quando pedia seu prato favorito. A idéia de que aqueles pobres tolos fariam de tudo para trazer a travessa o mais rápido possível, nem que tivessem de morrer para aquilo, também fazia parte do seu prazer. Na verdade, mais do que petiscar aqueles insetozinhos fritos, seu prato favorito era acompanhar o sofrimento dos outros.

Maltazard ignorava que, para evitar que fosse obrigado a esperar muito e também para aliviar um pouco as cozinhas, Darkos mandara espalhar por todo o palácio alguns pratos com baratinhas fritas sem que ele soubesse.

– Estão no ponto! – parabenizou-o Maltazard, mastigando uma baratinha bem crocante, exatamente como ele gostava.

Darkos aceitou o elogio. O relojoeiro arrancou uma nova folha seca, e um maravilhoso número 10 apareceu.

– Mais devagar. Eu ainda estou mastigando – reclamou Maltazard.

Arthur não conseguia aceitar que haviam sido derrotados. Ele queria morrer como um herói, lutando até o fim, até o último segundo. Mas aquilo ali era indigno.

Começou a caminhar para cima e para baixo na tentativa de encontrar uma solução.

– Tem que haver uma saída! – repetia sem parar.

– Arthur, o que nós precisamos é de um milagre, e não de uma saída – disse o avô, que perdera todas as esperanças.

Arthur suspirou profundamente. Já estava a ponto de desistir. Ergueu os olhos para o alto como se quisesse pedir socorro aos céus ou rezar por um milagre por menor que fosse. Enquanto fazia suas preces, algo chamou sua atenção.

Como era possível que pudesse ver o céu dali?

Só então percebeu que estava exatamente debaixo de um cano que subia para a superfície. Infelizmente a abertura era alta demais, e as paredes eram muito escorregadias para serem escaladas.

Se ao menos uma aranha gentil lhes emprestasse seu fio... As folhinhas de grama que ele via lá em cima em volta da abertura lembraram-no de algo. O cano devia corresponder ao ralo por onde escorria a água do jardim da vovó!

Arthur vasculhou sua memória para tentar lembrar a localização exata do ralo. Mas ele não conseguia. Talvez tivesse se enganado.

Abaixou a cabeça e olhou para o objeto em cima do qual Arquibaldo estava sentado.

Ele estava bem debaixo da abertura do ralo, o que significava que poderia ter caído lá de cima, do jardim. A cabeça de Arthur dava mil voltas. Jardim. Ralo. Objeto. Caiu. A ficha caiu! Ele arrancou o avô de sua poltrona improvisada.

Arquibaldo estava sentado em cima de um pneu de carrinho tombado de lado. Mas não de qualquer carrinho. O pneu pertencia ao conversível vermelho maravilhoso que Arthur ganhara de presente de aniversário e que deixara cair dentro do ralo sem querer. Ele deu um grito de alegria.

– Vovô! Você é o milagre!

– Fale direito, Arthur! Não estamos entendendo nada do que você está dizendo – reclamou Selenia.

– É um carro! É o *meu* carro! O carro que vovó me deu de presente! Estamos salvos! – explicou todo entusiasmado.

Arquibaldo franziu as sobrancelhas.

– Sua avó não sabe mais o que está fazendo. Você não é um pouco jovem para dirigir um carro?

– Fique tranqüilo, vovô. Quando ela me deu o carro, ele era bem menor – respondeu Arthur, que sorria de uma orelha a outra. – Me ajudem! – gritou para seus companheiros.

Selenia e Betamecha colocaram-se do lado do pneu, que se erguia do chão como uma muralha, e começaram a empurrá-lo com todas as forças. Depois de um esforço sobre-humano, o carrinho movido a corda finalmente virou e tombou em cima das quatro rodas. Um grito de alegria ressoou pelo túnel.

Maltazard ficou espantado. Como é que eles podiam estar tão alegres quando faltavam apenas três segundos no mostrador do relógio? Por mais que pensasse, esse era um enigma que ele não conseguia resolver, o que o deixou preocupado. Mas decidiu que não correria nenhum risco. Ele estava muito perto da vitória.

– Abram as comportas! – ordenou de repente.

– Mas o contador ainda não chegou ao zero! Ainda faltam três folhas! – preveniu Darkos, como sempre demorando a entender o que se passava.

– Eu sei contar até três! – berrou Maltazard.

Antes que o pai o fizesse, Darkos saiu correndo na direção das comportas para cumprir a ordem. Mais esperto que o filho de Maltazard, o relojoeiro seída arrancou as três últimas folhas secas sem pestanejar.

– Zero! – gritou, abrindo um grande sorriso.

Enquanto isso, Arthur dava corda no carro com a pequena chave presa na lateral da carroceria, que de repente parecia gigantesca.

A mola estava tão dura que sua testa logo cobriu-se de gotas de suor. Selenia ficou ao lado dele e ajudou-o a girar a chave.

– Você tem certeza de que sabe dirigir essa coisa? – perguntou Betamecha, sempre desconfiado quando se tratava de transportes públicos.

– É minha especialidade – respondeu Arthur para evitar maiores discussões.

Betamecha continuou desconfiado.

Darkos encaminhou-se para os seídas pendurados ao longo da parte inferior da cisterna e ordenou:

– Agora!

Os guardas começaram imediatamente a martelar e soltar as rolhas que tapavam os buracos provisoriamente. Depois que se soltaram, Darkos pegou uma clava e bateu com toda a força em cima de uma torneira, que se despregou da cisterna. A água começou a invadir os canudos como se penetrasse por grandes artérias, e convergiu para o canal central, que havia sido escavado com esse propósito.

Maltazard estava contentíssimo. Seu plano tenebroso começava a funcionar. Nada mais poderia conter aquela água que fluía pelo canal e avançava impetuosa para o tubo onde estavam os fugitivos.

Arthur deu outra volta na chave, e Selenia soprou as palmas das mãos. Elas estavam ardendo demais para que pudesse continuar ajudando o marido. As mãos de uma princesa são muito sensíveis.

O rugido da água que se aproximava tornava-se cada vez mais nítido. Selenia entrou em pânico.

– Pronto! Eles abriram as comportas! Vamos, Arthur! Depressa!

– Subam no carro, eu já vou – respondeu Arthur, que estava praticamente dobrado em dois em cima da chave, como se estivesse passando mal.

Betamecha foi o primeiro a subir, em seguida foi a vez de Arquibaldo. Ambos se acomodaram no banco traseiro.

Arquibaldo olhou para trás, pelo vidro traseiro, e viu a massa de água que avançava ao longe.

– Rápido, Arthur! – suplicou o avô, apavorado com aquela onda enorme que arrastava tudo em seu caminho.

– Preciso dar corda até o final se a gente quiser chegar do outro lado – respondeu o neto com uma careta de dor por causa do esforço.

Ele reuniu suas últimas forças, deu um grito sobre-humano para ganhar coragem e, sob o olhar maravilhado de Selenia, terminou de completar a volta na corda.

Em seguida, prendeu a chave entre o ombro e o pescoço para mantê-la naquela posição e esticou o braço na tentativa de alcançar um toco de madeira que estava no chão. Ele precisava bloquear a chave para dar tempo de subir no carro. Ao longe, a onda, que não iria esperar por nada nem ninguém, aproximava-se perigosamente do carro. Betamecha estava boquiaberto. Ele queria gritar por socorro, mas o queixo estava paralisado de medo.

Arthur conseguiu alcançar o toco de madeira e bloquear a chave. Pulou para dentro do carro e segurou o volante. Embora o interior do pequeno automóvel de brinquedo fosse bastante rudimentar, Arthur não demorou para descobrir como funcionava. O conversível não podia ser mais complicado do que o velho Chevrolet da avó. Vamos torcer para que ele não acabe batendo contra uma árvore outra vez.

— Você é a primeira moça que eu levo para passear neste carro — comentou com Selenia, meio sem jeito.

— E espero que não seja a última vez! — respondeu ela, mais preocupada com o ronco ensurdecedor que não parava de aumentar do que com os impulsos românticos do companheiro.

Como todo bom motorista, Arthur ajustou o espelho retrovisor e então viu aquela parede de água que se aproximava para engolir o carro.

Ele soltou o toco de madeira que bloqueava a chave e exclamou:

— Vamos!

As rodas traseiras patinaram sob o efeito da potência do motor, mas, felizmente, o sopro produzido pelo deslocamento da onda empurrou o carro para a frente. Ou talvez tenha sido o grito de pavor emitido pelos passageiros que tenha ajudado o carro a partir.

Os pneus acabaram encontrando alguns pontos de aderência no chão, e o conversível aumentou de velocidade. Ele disparou pelo tubo como um foguete que escapa das garras da torrente.

Arthur segurou o volante com as duas mãos. Selenia estava grudada no fundo do banco do passageiro, e a pressão do ar desenhava um sorriso forçado em seu rosto. Betamecha não parava de resmungar que nunca mais poria os pés em qualquer meio de transporte, e Arquibaldo estava adorando andar de carro naquela velocidade e olhar para a paisagem, que passava a mil por hora diante de seus olhos.

– O progresso que os automóveis fizeram em apenas quatro anos é realmente um espanto – constatou o cientista, maravilhado com a potência do conversível.

A velocidade aumentou tanto que a linha reta do tubo dava a impressão de ser formada por uma série de curvas sucessivas.

Arthur concentrou-se ainda mais na direção do carro. Agora não se tratava apenas de segurar o volante e dar algumas voltas, mas de pilotar de verdade.

Apesar da pressão exercida pela velocidade, Betamecha conseguiu agarrar-se nos bancos dianteiros, enfiar o rosto entre os braços de Selenia e Arthur, e gritar:

– Vire à direita na próxima encruzilhada!

Ele mal terminara de falar e uma bifurcação surgiu na frente de Arthur.

O garoto virou o volante com força para a direita, o que fez que os passageiros fossem jogados contra as portas. O carro, por pouco, não passou direto pelo tubo. Arthur respirou aliviado.

– Betamecha, da próxima vez vê se me avisa um pouco antes – queixou-se o motorista, que quase não conseguira fazer a curva.

O principezinho seguiu as instruções do piloto ao pé da letra e gritou:

– À esquerda!

Mas a nova bifurcação já estava na frente deles. Pego de surpresa, Arthur deu um grito e, no susto, virou o volante todo para a esquerda.

Por muito pouco o carro não bateu na mureta que separava os dois caminhos.

Arthur soltou um grande suspiro de alívio.

– Obrigado, Beta!

Sua testa estava banhada de suor. Selenia percebeu e enxugou o rosto de Arthur com a mão. Aquele gesto de ternura contrastava com o aperto pelo qual passavam naquele momento. Como não podiam dar-se as mãos, trocaram um sorriso.

– À direita! – gritou Betamecha novamente, assustando os dois namorados.

Perturbado pelo sorriso de Selenia, Arthur não sabia mais o que era direita ou esquerda. Então começou a virar o volante em todas as direções.

A bifurcação aproximava-se a toda velocidade, e os quatro começaram a gritar ao mesmo tempo. Por um milagre, Arthur conseguiu enfiar o carro no túnel da direita.

Os gritos propagaram-se por toda a rede de canalização.

capítulo 12

O pai de Arthur apoiou o pé em cima da pá pela milésima vez e apertou com força. Ele atacava seu 67º buraco, porém sem muita convicção.

Para não provocar outra catástrofe e tornar a situação ainda mais difícil, sua mulher mantinha-se a distância. Ela ficou intrigada com aquele gritinho de criança que ecoou no espaço, vindo não se sabe de onde. Mas o grito logo desapareceu. A mãe ainda permaneceu um instante em estado de alerta, mas logo em seguida achou que devia ter sido produto de sua imaginação e voltou sua atenção para o que estava fazendo: descascando laranjas para o marido.

Mas outro rumor elevou-se no espaço, um ronco surdo e efervescente. A mãe aguçou os ouvidos novamente. Dessa vez o som estava mais nítido.

– Querido, o que é esse barulho?

Meio adormecido em cima da pá, o marido endireitou o corpo.

– O quê? Onde? – perguntou, tão alerta como um urso que acaba de despertar depois de ter hibernado todo o inverno.
– Aqui, debaixo do chão. Parece barulho de água se alastrando.

Para tentar localizar melhor aquele rumor que gargarejava no ventre da terra, a mãe de Arthur ajoelhou-se e curvou-se até que um dos lados da cabeça tocou o chão.

O pai de Arthur deu uma risadinha tão sem graça quanto seu jeito de escavar buracos. Ele apoiou um dos cotovelos em cima do cabo da pá e perguntou em tom de zombaria:

– Você agora deu para ouvir vozes como Joana d'Arc? Daqui a pouco você vai ver anjinhos e fantasmas em todo lugar.

Ele não podia ter dito melhor. Naquele mesmo instante, várias silhuetas estranhas perfilaram-se atrás dele, mas ele não as percebeu porque não parava de rir. Entretanto sua mulher viu. Seu sorriso congelou como se estivesse diante dos anjos do Apocalipse.

– Fantasmas e monstrinhos, como naqueles velhos livros do seu pai – cacarejou o marido. – Daqueles bem pequenos, peludos e horrorosos, e seus irmãos, aqueles feiticeiros enormes, negros da cabeça aos pés!

Sem parar de rir às gargalhadas, começou a fazer uma imitação de dança africana muito esquisita. A mulher olhava para ele com o rosto desfigurado pelo medo. Ela apontou devagar o dedo na direção dele e desmaiou no meio das cascas de laranja.

Pego de surpresa, o pai de Arthur perguntou-se o que ele teria feito para que a mulher perdesse os sentidos. Olhou para os lados e não viu nada de estranho... até que olhou para trás.

Ele estava face a face, ou melhor, com o nariz bem de frente para o umbigo dos cinco bogos-matassalais. Todos usavam as mesmas roupas, uma espécie de pano amarrado na cintura, e cada um segurava uma lança afiada em uma das mãos.

O pai de Arthur começou a tremer da cabeça aos pés. Os dentes batiam tanto que era como se estivesse martelando seu testamento em cima de uma máquina de escrever. O chefe dos matassalais debruçou-se lentamente em sua direção, o que, considerando que a distância entre os dois homens era de quase dois metros, demorou certo tempo.

– O senhor poderia me informar as horas? – perguntou o gigante africano cortesmente.

O pai meneou a cabeça afirmativamente, como se fosse uma marionete pendurada na ponta de um fio. Depois olhou para o pulso, embora estivesse com muito medo de não conseguir enxergar os ponteiros... o que seria bem normal, pois não estava usando um relógio.

– São... são...

E também não adiantava nada ficar dando tapinhas no pulso, porque aquela atitude certamente não lhe daria as horas.

– Na cozinha tem um relógio que funciona muito melhor – balbuciou com os olhos cravados na ponta das lanças.

O guerreiro matassalai não respondeu. Apenas se limitou a sorrir.

O pai entendeu que recebera autorização para ir até a cozinha.

– Eu... eu... eu volto já – gaguejou, saindo desembestado na direção da casa como um coelho que foge em disparada para a toca.

* * *

Darkos olhava orgulhoso para a pequena ficha que segurava na mão.

– De acordo com meus cálculos, a água deverá atingir a aldeia em menos de trinta segundos – disse para o pai, que se alegrou com a notícia.

– Perfeito, perfeito! Em menos de um minuto me tornarei o mestre absoluto e incontestável das Sete Terras, e o povo minimoy passará a ser apenas uma lembrança nos livros de história!

Maltazard esfregou as mãos, mais maquiavélico do que o próprio Maquiavel.

Enquanto isso, o imperador Sifrat de Matradoy caminhava para cima e para baixo na frente do portão da aldeia. Ele estava consciente da gravidade do momento, bem como da quase inexistente probabilidade de conservar seu reino. Mas, comparada à perda dos filhos, a perda de um reino não significava nada. O verdadeiro motivo de sua enorme inquietação devia-se ao fato de Selenia e Betamecha ainda não terem voltado.

– Que horas são, meu bom Miro? – perguntou à fiel toupeira, que também era seu secretário particular.

Miro estava tão infeliz quanto o rei. Ele suspirou e tirou o relógio da algibeira.

– Faltam cinco minutos para o meio-dia, meu rei – respondeu, olhando para o relógio.

Ao contrário de Maltazard, que tinha a possibilidade de prolongar o tempo no seu cronômetro de folhas secas, na Terra dos Minimoys isso era impossível. Ali os segundos passavam regularmente e conduziam para um fim inevitável que se anunciava trágico.

O bom rei suspirou e ergueu os braços para o alto.

– Faltam apenas cinco minutos e nenhuma notícia deles – disse o soberano, muito aflito.

Miro aproximou-se dele e colocou sua mão afetuosamente nas costas do rei.

– Confie neles. Vossa filha tem uma coragem excepcional. Quanto ao jovem Arthur, o menino me deu a impressão de ser alguém com muitos recursos e muito bom senso. Tenho certeza de que, juntos, eles conseguirão terminar a missão.

Ao ouvir aquelas palavras, o rei deu um pequeno sorriso de alívio.

Como prova de amizade e para agradecer ao amigo, deu um tapinha no ombro da toupeira.

– Que os deuses o ouçam, meu bom Miro! Que os deuses o ouçam!

Apesar do cansaço, Arthur não tirava as mãos do volante. Ele já se acostumara à velocidade do carro e não desviava mais os olhos do caminho, passando por ele como um foguete.

O conversível conseguira se distanciar da onda que os perseguia e queria alcançá-los.

"Obrigado, vovó!", agradeceu mentalmente. Se não fosse por aquele presente maravilhoso que ganhara da avó, ele jamais teria se livrado daquela situação. E sua avó jamais poderia ter imaginado que um brinquedo acabaria sendo tão útil ou que salvaria a vida das pessoas que ela tanto amava.

Betamecha olhou para trás pelo vidro traseiro. Apesar da velocidade do conversível, ele tivera a impressão de reconhecer aquele lugar.

– Agora falta pouco para chegarmos. Aquela era a pedra que marca a entrada do campo de dentes-de-leão.

Selenia olhou para o fundo do túnel e também reconheceu algo. – Ali! É um portão! É o portão da aldeia! – gritou de alegria.

A notícia foi recebida com muita emoção, e eles se felicitaram, se beijaram e se agitaram. Mas a felicidade durou pouco, pois o bólide começou a perder velocidade.

– Oh, não! – murmurou Arthur baixinho para não assustar os outros.

O conversível reduziu ainda mais a velocidade. A corda acabou, e o carro parou definitivamente. Entre os passageiros, era só consternação.

– Você não vai me pregar o golpe da pane de motor, não é mesmo? – perguntou Selenia, sem rir da própria piada.

Arthur, um pouco perdido, não teve tempo para responder, pois Betamecha interveio:

– Depressa! Vamos dar a corda no carro antes que a água nos alcance!

– Impossível! Demoraria muito e meus braços estão sem forças – respondeu Arthur.

– E se usássemos as pernas? – perguntou Selenia.

Em poucos segundos, o grupo saltou do carro e começou a correr na direção do portão.

Faltavam apenas uns cem metros para o portão, mas, mesmo nossos amigos correndo muito, ele ainda parecia estar do outro lado do mundo. O conversível teria devorado essa distância em instantes, como a onda cujo ronco eles ouviam novamente.

– Corram! A água está quase nos alcançando! – gritou Arthur para Arquibaldo e Betamecha, que estavam tão exaustos que começaram a arrastar os pés.

O murmúrio da água também começava a ficar audível no interior da cidade.

O rei aguçou os ouvidos.

– O que é esse ronco? – perguntou para seu fiel Miro.

– Não faço a menor idéia – respondeu a toupeira com toda a sinceridade –, mas estou sentindo uma vibração de ondas debaixo dos meus pés que não pode significar boa coisa!

O pequeno grupo só tinha que percorrer mais vinte metros para alcançar o portão.

Arthur deu meia-volta e colocou o braço do avô por cima de seus ombros para ajudá-lo a caminhar mais rápido.

– Só mais um pouquinho, vovô – incentivou-o.

O pequeno Arthur desenvolvera uma energia impressionante, que até então ele mesmo desconhecia por completo. Ele, que em casa evitava as tarefas domésticas com a desculpa de que tinha deveres de casa para fazer – e que não fazia –, tornara-se um menino irreconhecível, que dava tudo de si sem esperar nada em troca, tão valente como um guerreiro e tão tenaz como um pároco.

Selenia foi a primeira a alcançar o portão que protegia a aldeia. E começou a bater nele com toda a força.

– Abram o portão! – gritou com a voz exausta.

Ela tinha certeza de que o rei reconheceria aquela vozinha fina entre mil.

Sua amada filha, sua princesa, sua heroína retornara da missão.

Um guarda abriu a pequena seteira que dava para o túnel. Embora a onda ainda não estivesse visível, seu sopro já chegara, e ele foi atingido por uma golfada de vento em pleno rosto.

– Quem está aí? – perguntou engrossando a voz para mostrar que não estava com medo.

Selenia apoiou a mão na abertura e ficou na ponta dos pés para mostrar um pouco do rosto. Nesse instante, Betamecha chegou correndo e empurrou a irmã de lado para que o guarda também a visse. O sentinela examinou os dois rostos durante um instante com um olhar inexpressivo. Em seguida bateu a portinhola na cara deles.

Ofendidíssima, Selenia golpeou o portão com mais força. Arthur e Arquibaldo juntaram-se aos dois, e todos começaram a bater ao mesmo tempo.

O rei, que acabara de chegar à entrada da aldeia, espantou-se com o fato de o guarda não reagir àquela barulheira.

– O que está fazendo? Por que não abre o portão?

– É outra armadilha – respondeu o guarda sem hesitar. – Mas desta vez eles não me pegam. Agora fizeram um desenho com o rosto de Selenia e de Betamecha. Parece um desenho animado. O retrato da princesa até que está muito bom, mas o de Betamecha tem alguns erros. A gente percebe logo que é falso.

O pequeno grupo continuava batendo. O sopro da torrente se fazia cada vez mais insistente. Arquibaldo voltou-se para calcular quanto tempo lhes restava e constatou horrorizado que a onda já estava visível. A massa de água furiosa rolava na direção deles com a velocidade de um raio.

– Abram o portão, pelo amor de Deus! – gritou Arquibaldo, cujo instinto de sobrevivência fizera recuperar suas forças.

O grito angustiado chegou aos ouvidos do rei. Se sua memória não falhava, era a voz de Arquibaldo. O soberano foi até o grande portão. Ele queria tirar aquilo a limpo.

Abriu a portinhola e deparou com o rostinho de Selenia e de Betamecha.

– Socorro! – gritaram os dois ao mesmo tempo, com as feições deformadas pelo medo.

Enfurecido, o rei voltou-se para o guarda.

– Abra o portão imediatamente, seu gamulo triplo! Agora! – gritou como nunca.

O guarda saiu correndo até o portão e, com a ajuda de colegas, destrancou os enormes ferrolhos.

– Andem logo! – impacientou-se Betamecha ao ver a onda monstruosa engolir o conversível em menos de um segundo.

O deslocamento do ar era tão forte que nossos heróis foram achatados contra o portão. Quando os guardas acabaram de soltar o último ferrolho e entreabriram a passagem, o sopro da onda pegou todo o mundo de surpresa, e o portão abriu com tudo.

Eles entraram correndo e se puseram atrás do portão.

– Fechem! Depressa! A onda está chegando! – gritou Arthur sem perder tempo com saudações.

O guarda começou a ficar irritado.

– Uma hora é abre, outra hora é fecha! Essa gente não sabe o que quer – resmungou.

Foi quando viu a baba da espuma da onda que se preparava para invadir tudo o que encontrasse no caminho.

Ele mudou de atitude radicalmente e correu para o portão.

– Socorro! – gritou para os colegas, que acorreram para ajudá-lo.

Dez guardas começaram a empurrar o portão, dez guardas que não paravam de se lamentar que ele fosse tão pesado e o sopro tão violento.

A onda não tinha queixas. Muito pelo contrário. Ela parecia muito feliz de ter chegado a seu destino e engoliria com prazer enorme tudo o que tivesse pela frente.

Para dar o exemplo, Miro também começou a empurrar o portão.

A pequena toupeira era mais hábil em escavar túneis do que em empurrar portas, mas em um caso de extrema urgência, como aquele, toda ajuda era bem-vinda.

Apesar da sua posição hierárquica, o rei decidiu juntar-se a eles.

– Vamos, meu bom Patuf, ponha-me no chão – pediu ao malbaquês.

As poderosas patas de Patuf seguraram o rei, que estava muito bem instalado na cadeira presa àquela enorme cabeça, e o depositaram no chão.

– Vamos, Patuf, fecha aquele portão – ordenou o rei.

Patuf ficou olhando para o rei durante dois segundos com a mesma expressão tonta e afável de sempre. Dois segundos era o tempo de que precisava para entender o que lhe diziam, porque a língua falada pelos minimoys não era sua língua materna. Algo que as pessoas esqueciam com freqüência e, por isso, achavam Patuf um pouco lento da cabeça, mas tente você falar malbaquês para ver se não fica com cara de tonto também.

Patuf apoiou as duas patas enormes no portão e começou a empurrá-lo com seus imensos braços musculosos. Com sua ajuda, as coisas começaram a andar mais rápido. Mas a onda estava muito próxima. A apenas alguns metros.

Arthur agarrou um dos ferrolhos e preparou-se para empurrá-lo assim que tivessem fechado o portão. Patuf continuava seu trabalho. Apesar do tamanho, ele também precisava fazer um esforço enorme para lutar contra aquele sopro poderoso.

A onda alcançou o portão, mas, em um último esforço, Patuf conseguiu fechá-la. Arthur agarrou o ferrolho e colocou-o entre as duas alças.

A onda rebentou contra o portão com uma violência extraordinária. O choque estremeceu-o de cima a baixo, e nossos amigos foram arremessados ao chão.

Mesmo assim, Arthur conseguiu alcançar o segundo ferrolho e começou a empurrá-lo.

Do outro lado, a água inundara todo o túnel. Não sobrara nem uma bolha de ar.

O segundo ferrolho finalmente passou entre as duas alças e trancou o portão definitivamente.

No entanto, todos mantiveram as mãos firmes contra o portão para ajudá-lo a não se abrir novamente. De fato, toda ajuda era necessária. A pressão da água era descomunal.

Mas o líquido não era apenas poderoso. Ele também era sorrateiro e aproveitaria a menor falha para infiltrar-se, o que o rei constatou quando percebeu que o portão vazava por todos os lados.

– Tomara que agüente – murmurou preocupado.

Darkos olhou para o ábaco. A última bola rolou devagar em cima das duas varas que lhe serviam de guias e juntou-se às outras, indicando o final de um ciclo regulamentar.

– Terminou! – exclamou com alegria.

Voltou-se para o pai e disse muito sério:

– Majestade, a partir deste instante o senhor reina como mestre absoluto de todas as Sete Terras. O senhor é seu primeiro e único imperador!

Terminou o discurso com uma reverência mais profunda do que de costume. Maltazard saboreou seu sucesso. Inchou o peito lentamente como se respirasse pela primeira vez e soltou o ar com um suspiro de prazer.

– Eu posso ser insensível às honrarias, mas não posso deixar de reconhecer que saber que eu sou o mestre do Universo mexe um pouco comigo – confessou com muita modéstia. – Mas o que mais me alegra... é saber que todos estão mortos! – acrescentou Maltazard, a quem a vitória não tornara menos diabólico.

Nossos pequenos heróis não haviam morrido, porém isso não significava que estivessem a salvo.

– Será que o portão vai agüentar? – perguntou o rei, desejando que alguém o tranqüilizasse.

– Ele vai agüentar – garantiu Miro.

Dita por um engenheiro tão famoso como Miro, a resposta satisfez a todos.

Selenia e Betamecha soltaram as mãos do portão e correram para os braços do pai.

– Meus filhos, que alegria ver que vocês estão sãos e salvos! – disse o rei, muito emocionado.

Feliz em poder tocá-los novamente, o pai abraçou-os bem forte contra o peito, ergueu a cabeça para o alto e, com os olhos marejados de lágrimas e com muita humildade, agradeceu aos céus:

– Obrigado! Obrigado por ter atendido às minhas preces.

capítulo 13

Vovó também gostaria de que suas preces fossem atendidas. Desde que acordara, era a terceira vez que rezava, mas até agora não obtivera nenhuma resposta.

Suspirou, dobrou os pequenos joelhos em cima do genuflexório, instalado embaixo da esplêndida cruz que decorava a parede principal da sala, e recomeçou a rezar outra ave-maria.

O pai de Arthur escolheu justo aquele instante para fazer sua aparição, como se fosse um extraterrestre caído do espaço.

– Ali! Ali! Gigantescos! Um monte! Cinco! Jardim! Negros! Todos negros! Não sabem as horas! – encadeou como se estivesse lendo um telegrama.

Rodopiou sobre si mesmo. Parecia estar com falta de ar.

– Depressa! Senão grande negro zangado todo vermelho! Muito zangado! Não perder tempo! – continuou no mesmo tom e saiu correndo até a janela que dava para o jardim.

Ao contrário do que afirmara para os matassalais, ele não fora ver as horas. Havia usado aquele pretexto para se encher de coragem e deixar mulheres e crianças para trás. No seu caso, a criança nascera havia muito tempo, e, quanto à mulher, já fazia algum tempo que ele pensava em se separar dela.

Deu uma espiada através das duas cortinas de cretone da janela e constatou que os visitantes continuavam no jardim. Era o momento ideal para fugir.

– Eu... eu já volto – conseguiu balbuciar para a sogra antes de sair feito um foguete na direção da entrada principal da casa, que ficava do outro lado.

Ao abrir a porta, levou outro susto. Diante dele havia outros visitantes. Três, para sermos mais exatos.

O primeiro não era nem alto nem negro. Estava bem vestido.

Davido tirou o chapéu, e o pai de Arthur acalmou-se um pouco. Os outros dois... bem, esses eram escuros, mas era por causa dos uniformes. Eram policiais.

– É meio-dia – avisou Davido, sorrindo como se tivesse acertado na loteria.

O pai olhou para ele com cara de quem não sabia do que ele estava falando. Davido tirou o relógio de algibeira preso a uma corrente em um dos bolsos do colete e verificou as horas.

– Para ser exato... falta um minuto para o meio-dia – acrescentou feliz da vida. – E minha paciência termina aqui.

O pequeno grupo encabeçado por Betamecha entrou correndo na Sala das Passagens.

O velho passador havia sido incomodado mais uma vez e precisara abandonar seu casulo. O que não o deixava exatamente de bom humor.

— Andem rápido! Eu já virei o primeiro anel! – avisou resmungando. – Vocês só têm um minuto.

Arquibaldo foi o primeiro a colocar-se diante do espelho gigantesco que ficava atrás da lente da luneta mágica.

O rei também estava no grupo das despedidas. Chegara a pé, sem Patuf, que era grande demais para caber na Sala das Passagens. Sua Majestade aproximou-se de Arquibaldo. Ambos sorriram um para o outro como dois cúmplices e apertaram as mãos.

— Você mal chegou e já vai embora... – reclamou o rei com uma expressão de tristeza no rosto.

— É a lei das estrelas, e as estrelas não esperam – respondeu Arquibaldo com um pequeno sorriso comovido.

— Eu sei. É uma pena. Você ainda poderia nos ensinar tantas coisas... – concordou o rei com humildade.

Arquibaldo apoiou uma das mãos sobre o ombro do soberano.

— O mais importante é que hoje você sabe tanto quanto eu, certo? Juntos formamos um todo. Os conhecimentos de um complementam os do outro. Esse não é o segredo do trabalho em equipe? O segredo dos minimoys? – perguntou gentilmente o avô.

— Sim, é verdade – concordou o rei. – "Quanto mais numerosos formos, mais riremos." Mandamento 50.

— Está vendo? Esse eu aprendi com você! – disse Arquibaldo sorrindo.

O rei ficou muito emocionado com aquela demonstração de amizade e respeito.

Os dois, pequenos em tamanho, mas grandes de coração, apertaram as mãos vigorosamente. O passador girou a segunda coroa, a da Mente. Ela bem que estava precisando de um pouco de óleo...

– Cuide bem do meu genro! – recomendou o rei sorrindo.

– Com todo prazer! E você cuide bem da minha nova neta! – respondeu Arquibaldo.

O passador terminou de girar a terceira coroa, a da Alma.

– Todos a bordo! – gritou como se fosse um chefe de estação ferroviária.

Arquibaldo fez um último gesto de adeus e subiu em cima do vidro, que o engoliu imediatamente. Ele desapareceu como um pedaço de pão que mergulha em uma xícara de café com leite.

Ele deixou-se transportar por aquele instrumento mágico. Atravessou as lentes, que o diminuíam de tamanho à medida que ele crescia, até chegar à outra extremidade da luneta, que o cuspiu para fora como se fosse um detrito qualquer que incha ao contato com o ar e a luz. Caiu no chão, rolou três vezes no capim espesso e voltou a seu tamanho normal. Como estava com uma sensação de falta de ar, permaneceu alguns instantes sentado na grama para se refazer das últimas emoções.

O chefe dos matassalais postou-se na frente dele e acolheu-o com um sorriso magnífico, que deixava à mostra seus belos dentes brancos.

– Fez boa viagem, Arquibaldo? – perguntou.

– Excelente! Um pouco longa, mas excelente – respondeu Arquibaldo, muito aliviado de rever o velho amigo.

– E Arthur? – perguntou o africano, com o semblante preocupado.

– Está vindo!

Nossos amigos minimoys não pareciam muito apressados em deixar partir o valente Arthur, nem ele parecia estar com muita pressa de desaparecer naquela massa gelatinosa, que o engoliria como um camaleão engole uma mosca presa na língua. Mas era o preço que teria de pagar se quisesse voltar para sua família e contar suas aventuras incríveis ao avô, que ele esperava que não tivesse morrido de preocupação.

Visivelmente emocionado, Betamecha aproximou-se do amigo.

– Vamos sentir sua falta. Volte logo – suplicou o pequeno príncipe.

– Voltarei na décima lua. Eu prometo! – respondeu Arthur, erguendo a mão em punho e cuspindo no chão.

Embora um pouco surpreso com aquele costume, Betamecha gostou tanto que o adotou no ato.

– Promessa feita! – confirmou, erguendo a mão em punho e cuspindo no chão para imitar Arthur.

Arthur não pôde deixar de rir daquele fulaninho que não perdia uma.

– Ande logo! – apressou o velho passador. – A passagem vai fechar em dez segundos!

Arthur posicionou-se na frente da lente imensa, que deformava seu reflexo.

Um pouco tímida, e mal contendo a emoção, Selenia foi ao encontro dele.

Arthur ficou diante da princesa, meio sem jeito e sem parar de contorcer as mãos.

– Levei mil anos para escolher um marido e só consegui aproveitar algumas horas a seu lado – disse a princesa gentilmente, segurando o choro.

– Eu preciso voltar. Minha família deve estar morrendo de preocupação. Como a sua estava.

– Claro, claro que sim – concordou Selenia sem muita convicção.

– E, depois, dez luas passam rápido – tentou tranqüilizá-la Arthur.

– Dez luas são milhões de segundos sem você – respondeu Selenia, começando a chorar.

Arthur também estava com os olhos cheios d'água. Ele enxugou as lágrimas da esposa com a ponta do dedo e abraçou-a.

– Milhões de segundos... eles servirão para colocar à prova nosso amor, como exige a tradição e o protocolo – lembrou com tristeza.

– ... ao diabo com o protocolo! – exclamou a princesa.

Selenia então pressionou seus lábios contra os lábios de Arthur. Os dois apaixonados abraçaram-se e beijaram-se intensamente. Foi um verdadeiro beijo de amor. O mais bonito. O mais deliciosamente proibido.

Por fim, Selenia colocou as mãos sobre os ombros de Arthur e empurrou-o para trás violentamente. O beijo foi interrompido, seus lábios se separaram, e Arthur desapareceu absorvido pelo vidro que o aguardava.

Ele só teve tempo de gritar "Selenia!" antes que sua voz fosse abafada pelo vidro. Arthur começou a ser sacudido em todas as direções por correntes incontroláveis. Agora ele sabia o que os alpinistas sentiam quando eram arrastados por gigantescas avalanchas de neve.

Envolvido por aquela massa, Arthur debatia-se e movimentava-se sem parar, como aconselhava o autor de seu livro preferido, *O primeiro da corda*, que narrava as peripécias de alpinistas famosos, antes de embarcar nas narrativas do avô e suas aventuras na África.

Tal como acontecera com Arquibaldo, as lentes também se tornavam cada vez mais duras e menores à medida que eram atravessadas. A última estava tão dura como uma parede de concreto, e, ao atravessá-la, Arthur chegou a machucar um pouco a cabeça.

Assim que apareceu do outro lado, seus pulmões encheram-se de um ar puríssimo e todo o corpo começou a inchar como um odre de vinho ou um *air bag* depois de uma batida do carro.

Arthur foi projetado no chão e, como o avô, rolou três vezes na grama até parar de quatro no meio do jardim, de frente para um focinho parecido com uma trufa de chocolate seguido por um rabo que não parava de abanar.

Felicíssimo em reencontrar seu dono, Alfredo não esperou que ele se recuperasse de suas emoções e passou a lamber o rosto do garoto. Arthur começou a rir e defendeu-se como pôde dos ataques babados do cachorro.

– Pára, Alfredo! Me deixa respirar dois minutos! – ordenou Arthur gentilmente, que também estava muito contente de reencontrar seu amigo mais fiel.

Arquibaldo veio em seu auxílio e estendeu a mão para ajudá-lo a levantar.

Quando ficou em pé, Arthur viu sua mãe desmaiada no chão. Saiu correndo e debruçou-se sobre ela.

– O que aconteceu? – perguntou o menino, todo preocupado.

– Ela nos viu e desmaiou com laranja e tudo – explicou singelamente o chefe dos matassalais, mostrando a laranja que segurava na mão como se fosse uma prova irrefutável.

– Na minha terra nós chamamos isso de maçã – brincou Arquibaldo, que estava achando tudo muito divertido.

Confuso, o africano olhou para a fruta.

Arthur acariciou o rosto da mãe afetuosamente.

– Mãezinha, acorda! Sou eu! Arthur! – murmurou com uma voz tão meiga que ela acordou, encantada por aquela bela melodia. Pouco a pouco ela abriu os olhos e, muito espantada, achando que estava sonhando, deparou com o rosto maravilhoso do filho, o que a fez sorrir para os anjos e fechar as pálpebras bem devagar novamente.

– Mamãe! – insistiu Arthur, dando uns tapinhas no rosto dela.

A mãe reabriu os olhos.

– Não é um sonho? – perguntou com uma expressão estupefata no rosto.

– Não! Não é não! Sou eu! Arthur! Seu filho! – respondeu o menino sacudindo-a um pouco pelos ombros.

Finalmente ela entendeu e começou a chorar.

– Ah! Meu filhinho adorado! – exclamou, desmaiando outra vez no meio das laranjas (ou maçãs) espalhadas pelo chão.

Do outro lado do jardim, vovó acompanhava Davido até a porta sem desconfiar do drama que acabara de se desenrolar. O infame proprietário da casa examinou a estradinha que serpenteava pela colina no horizonte, depois olhou para o relógio que segurava na mão como se fosse um cronômetro oficial e que ele não largava mais.

– Meio-dia em ponto! – informou para sua única ouvinte, sem levar em consideração a presença dos dois policiais. – Meio-dia em ponto e nada à vista no horizonte – achou-se na obrigação de acrescentar.

A menos que o fizesse por puro prazer. Para cutucar a ferida com a ponta da faca.

Davido deu um grande suspiro e, fingindo estar inconformado, acrescentou:

– Estou começando a acreditar que não acontecerá nenhum milagre mesmo neste belo dia de domingo, o dia do Senhor.

Aproveitou que estava de costas para vovó e soltou uma risadinha maldosa. Ele daria um bom seída. Vovó ficou muito contrariada, e os dois policiais, muito chateados. Eles gostariam de poder ajudar aquela pobre mulher, mas a lei estava do lado de Davido. Aqueles policiais eram excelentes profissionais.

As feições maldosas do rosto de Davido se desfizeram. Reassumiu seu ar sério, pigarreou e voltou-se para vovó, que... não estava mais sozinha. Arquibaldo e Arthur estavam ao lado dela, e cada um a segurava por um braço.

Como por encanto. Como por milagre.

Davido perdeu a voz e ficou boquiaberto.

Ele não teria ficado mais surpreso se o mágico David Copperfield tivesse feito desaparecer uma cidade inteira na frente de seus olhos. Aquilo era mais do que um truque de mágica. Mais do que um milagre. Era uma catástrofe!

Arquibaldo sorriu para ele com um sorriso que não tinha nada de amistoso. O sorriso era apenas educado.

– Você tem razão, Davido. É realmente um lindo domingo – concordou vovô, com seu bom humor de sempre.

Davido não conseguia mover um dedo. A surpresa o havia paralisado.

– Parece que temos papéis para assinar? – perguntou Arquibaldo.

Davido levou alguns segundos até concordar com um meneio de cabeça.

Era evidente que o choque abalara suas pobres capacidades mentais, que já não eram lá grande coisa.

– Vamos para a sala. Lá está mais fresco. Ficaremos mais à vontade – convidou-o Arquibaldo com uma cortesia exemplar.

Enquanto caminhavam para a casa, Arquibaldo cochichou discretamente algumas palavras no ouvido de Arthur.

– Precisamos do tesouro agora! – sussurrou. – Vou tentar distraí-lo e ganhar tempo, e você trate de recuperar os rubis.

Embora Arthur não estivesse nem um pouco convencido de ter ficado com a parte mais fácil da missão, ele se sentiu muito orgulhoso com aquela prova de confiança do avô.

– Deixa comigo! – afirmou baixinho, indo direto para os fundos do jardim.

Ele mal dera alguns passos quando caiu dentro de um dos buracos que seu pai escavara e estatelou-se de bruços dentro do fosso.

Alfredo apontou o focinho na beira do buraco para verificar os danos.

– Nada é fácil! – disse Arthur para ele com a boca cheia de terra.

capítulo 14

Os preparativos para a guerra haviam começado na grande praça de Necrópolis.

O exército dos seídas terminara de se alinhar e formara um M gigantesco no chão. Milhares de soldados montados em seus musticos preparavam-se para invadir os novos territórios.

Maltazard caminhou lentamente para o balcão que dava para a imensa praça onde seu exército impecável estava reunido. Como era uma ocasião especial, ele colocara uma capa nova de um preto absoluto sobre a qual cintilavam centenas de estrelas, cada uma mais brilhante do que a outra.

O clamor do exército acolheu seu poderoso soberano, que ergueu os braços para saudá-los, como o Papa costuma saudar o povo de sua janela, em Roma.

O Príncipe das Tênebras saboreava sua vitória fragorosa, avassaladora e asquerosa, pensou Mino, que continuava parado ao lado da pirâmide e se perguntava o que deveria fazer. Teria Arthur sobrevivido a um maremoto como aquele?

Era praticamente impossível. Porém, o que mais o incomodava não era o 'praticamente', mas o 'impossível'. Mesmo que ele tivesse apenas uma probabilidade em um milhão, ainda restava essa probabilidade, e Mino não queria descartá-la.

A pequena toupeira consultou seu novo relógio. Arthur esquecera apenas de um detalhe: embora Mino fosse perfeitamente capaz de ler a hora, ele era incapaz de enxergar de tão perto.

A pequena toupeira começou a se afobar. Por mais que estendesse o braço para bem longe, Mino não conseguia ver nada. Era uma toupeira, como seu pai.

Arthur percorreu o jardim em todos os sentidos. Desde que retornara ao tamanho normal, era impossível reconhecer qualquer coisa, com exceção do riacho minúsculo pelo qual navegara a bordo da noz. Então ele seguiu riacho acima e caminhou ao longo da mureta, cuja altura não era maior do que alguns poucos tijolos enfiados na grama, até chegar à base do imenso reservatório de água.

Devia haver uma grade minúscula em algum lugar, mas, por mais que a procurasse, não a encontrava.

Alfredo, no entanto, achara sua bola, largando-a aos pés do dono, que parecia procurá-la por todos os lugares.

– Agora não é hora para brincadeira, Alfredo – disse o menino, muito concentrado.

Mesmo assim, pegou a bola e jogou-a para longe, o que não era a melhor forma de ensinar a um cachorro que não era hora de brincar.

Enquanto isso, Mino aproximara-se de um dos guardas que tomavam conta do tesouro.

Tossiu para chamar a atenção e depois perguntou muito educadamente:

— Desculpe incomodá-lo, mas poderia me informar as horas? Eu não enxergo muito bem de perto.

O seída tinha uma cara abrutalhada. Era um milagre que tivesse deixado Mino falar. Olhou para o relógio no pulso da toupeira e grunhiu como um ogro:

— Sei ler não.

Abrutalhado e abestalhado.

— Ah... que pena... não faz mal... — lamentou-se a pequena toupeira.

— Anda, Mino! Depressa! — encorajou-o Arthur, mesmo sabendo que seu pedido não chegaria aos ouvidos da toupeira.

Alfredo trouxera a bola de volta e começou a abanar o rabo rapidamente. Ele não entendia nada da tragédia que se desenrolava diante dele. Só estava interessado na bola e na brincadeira que a acompanhava.

Irritado, Arthur pegou a bola e arremessou-a com toda a força para o outro lado do jardim.

Bem, era onde ele queria tê-la lançado. Infelizmente, um braço cansado e um vento leve decidiram diferente. A bola desviou de sua trajetória e entrou saltitando na sala. Davido levou um susto e derramou o café por cima de seu belo terno creme.

Como ele tomava café puro, não havia muito o que fazer. A mancha era perfeitamente visível na roupa. Vociferou alguns palavrões que a dor do café quente queimando na pele transformou em bramidos.

Vovó aproximou-se correndo com um pano de prato na mão, e vovô fez de conta que estava muito chateado:

— Eu sinto muito! O senhor sabe como são as crianças...

Davido arrancou o pano de prato das mãos de vovó e tentou limpar-se sem a ajuda dela.

— Não! Eu não sei como são as crianças, graças a Deus! Ainda não tive o prazer de conhecê-las — rosnou entre os dentes.

— Ah! As crianças... — disse Arquibaldo com uma expressão sonhadora. — Uma criança é como um cordeirinho; ela preenche a vida. No meu caso particular, uma delas salvou a minha — informou, fazendo alusão a algo que só ele era capaz de entender.

— Que tal se deixássemos os cordeirinhos de lado e voltássemos à nossa vaca fria? — sugeriu Davido, empurrando os documentos debaixo do nariz de Arquibaldo para que ele os assinasse.

— Como quiser — respondeu o avô, olhando para a papelada.

Ele precisava encontrar outra desculpa para ganhar um pouco mais de tempo.

— Mas antes vou preparar outro cafezinho para você — disse, levantando-se.

— Não é necessário — respondeu Davido.

Porém o avô fez-se de surdo e foi em direção à cozinha.

— Esse pó de café veio da África Central. Experimente e depois me diga o que achou.

Maltazard ergueu os braços para a multidão, que não parava de aclamá-lo, e começou seu discurso assim:
— Meus fiéis soldados!
Aos poucos a praça foi emudecendo até ficar um silêncio religioso para ouvir as palavras que todos bebiam como se fosse um licor divino.
— É chegada a hora da nossa glória! — gritou o soberano com uma voz de dar calafrios na espinha, e que o eco repetia para quem quisesse escutar.
O povo seída gritou de alegria e tornava a gritar a cada frase que Maltazard pronunciava. Só não estava claro se os seídas realmente entendiam o que ele dizia ou se apenas obedeciam cegamente aos dizeres escritos na placa que Darkos erguia regularmente para o alto onde se lia 'Aplauso'. Mas, como a maioria não sabia ler, todos se limitavam a berrar. Maltazard esperou que se acalmassem e continuou:
— Prometo riqueza e poder, grandeza e eternidade!
Sem entenderem exatamente o que o chefe lhes prometia e que, com certeza, eles nunca receberiam, os seídas recomeçaram a gritar. Eles não sabiam que aquelas palavras estavam reservadas apenas para seu chefe. Era bem pouco provável que Maltazard dividisse riqueza e poder, e muito menos grandeza e eternidade com quem quer que fosse.

— Vamos começar a invasão agora e conquistar todas as terras que nos pertencem por direito! – acrescentou.

A multidão foi ao delírio.

Isso eles entenderam. Os seídas montados nos musticos trepidaram de excitação diante da importância da missão que lhes era confiada.

A missão de Mino era bem menos ambiciosa. Ele precisava apenas encontrar um jeito de conseguir ler a hora no relógio que ganhara de Arthur. Respirou fundo e tentou pela segunda vez:

— Desculpe, sou eu de novo. Olhe, fique com ele de presente – disse sorrindo para o seída e mostrando o relógio para ele.

Bronco como era, havia poucas possibilidades de que o guarda conhecesse o significado da palavra 'presente'.

Mino não lhe deu tempo para pensar, o que poderia levar horas, e prendeu a pulseira do relógio no punho do seída.

— Pronto. Fica muito bem em você – elogiou e foi embora.

O seída olhou para o relógio como um gato olha para a tela da televisão.

— Ei! Você! – gritou ainda perplexo.

A pequena toupeira, que já se distanciara uns dez passos, parou e se voltou.

— O que faço com isso? Eu não sei ver as horas! – resmungou o guarda com a gentileza de uma placa de mármore.

— Não faz mal. Quando você quiser saber as horas, é só levantar o braço e mostrá-lo a alguém que saiba. Para mim, por exemplo. Experimente. Vamos, levante o braço, é fácil.

Mais bobo do que um peixe que nunca vira uma isca na vida, o seída fez o que Mino mandava e levantou os dois braços. A pequena toupeira finalmente conseguiu enxergar a hora no relógio na distância certa.

– Céus! Faltam cinco minutos para o meio-dia! – gritou horrorizado.

E saiu correndo na direção das alavancas, deixando o seída plantado como um espantalho.

Na superfície, Arthur continuava aguardando que a pequena toupeira se manifestasse.

Mas nem sinal de Mino. Arthur começou a ficar desesperado.

O que era desnecessário, porque Mino estava fazendo o possível e o impossível.

O filho de Miro, a toupeira, fazia cálculos a toda velocidade, e é praticamente inimaginável a rapidez com que uma toupeira é capaz de calcular. Quando terminou suas contas, puxou várias alavancas e modificou a posição de vários rubis, e, sem que ninguém percebesse, a luz que iluminava a pirâmide começou a diminuir lentamente. Na praça, todos continuavam voltados para o discurso de Maltazard, que ele finalizou com as seguintes palavras:

– ... E que comece a festa!!!

O exército gritou de alegria como nunca gritara antes.

Todos os seídas jogaram as armas para o alto ao mesmo tempo e, durante alguns instantes, qualquer pessoa teria sentido orgulho daquele espetáculo. O último ato foi menos comovente. As armas caíram em todos os lugares e, principalmente, de qualquer jeito, e deixaram dezenas de feridos.

Horrorizado com a burrice de seu exército, Maltazard levantou os olhos para o céu.

Mino aproveitou a confusão momentânea e acionou a última alavanca.

A luz voltou de repente e transformou-se em um magnífico feixe vermelho que partia direto do topo da pirâmide para o exterior.

O público murmurou um 'Oooohhh!' geral de admiração.

Claro que todos pensaram que aquele novo jogo de luzes fazia parte do espetáculo.

– Olhe! Que linda luz vermelha! – ouvia-se aqui e ali.

Mino empurrou outra alavanca, e o feixe tornou-se mais intenso. Sua força era extraordinária, e ele cruzou o céu de Necrópolis como um raio.

– Divino soberano, é magnífico! – alegrou-se Darkos, aplaudindo baixinho para não perturbar o clamor que idolatrava o pai.

Claro que Maltazard não tinha nenhuma participação naquilo, mas ele estava tão pasmo que não sabia nem o que pensar.

Um raio vermelho belíssimo jorrou no meio do jardim e subiu na direção do céu.

Arthur deu um grito de alegria e atirou-se ao chão para espiar pelo buraco.

Atraído por aquela luz apetitosa, que lembrava um algodão-doce gigantesco, Alfredo, que conseguira recuperar a bola, também chegou mais perto.

Arthur enfiou a mão no buraco, mas seu braço era curto demais.

Mino olhou para cima e viu a sombra de Arthur delineada na abertura.

No mesmo instante, Maltazard também a viu e, pressentindo a ameaça que o rodeava, mesmo sem entender exatamente o que estava sendo tramado, gritou para os guardas:

— Aquele infeliz vai acabar nos denunciando! Prendam-no imediatamente!

Arthur coçou a cabeça. Sua testa estava coberta de gotas de suor.

— Eu preciso de uma idéia, Alfredo! Aqui, agora, já! — implorou para o cachorro.

Alfredo aprumou um pouco as orelhas como se quisesse que Arthur repetisse a pergunta.

Arthur suspirou. Ele não conseguiria arrancar nada daquele cachorro estúpido, que só sabia babar em cima da bola presa entre os dentes.

O garoto ficou ali pensando até que, de repente, algo chamou sua atenção. Ele acabara de ter uma idéia!

— Mas claro! A bola!

Ele deu um grito de alegria, esticou a mão para Alfredo e disse:

— Alfredo, você salvou a minha vida! Me dá a bola!

Achando que o sorriso de Arthur era o sinal de que a brincadeira ia recomeçar, o cachorro começou a correr para o outro lado do jardim.

Furioso, Arthur saiu atrás do cachorro, mas eram duas pernas contra quatro patas, e ele não o alcançaria tão cedo.

Enquanto isso, os guardas haviam se reagrupado e avançavam na direção de Mino com as lanças apontadas para ele. Tremendo de medo, Mino tentava desesperadamente encontrar alguma coisa para se defender.

– Pára! – gritou Arthur como jamais gritara antes.

Os pulmões chegaram a doer. Talvez não fosse a ameaça contida no grito, mas pelo menos o paralisou. Imobilizado por aquele berro assustador, que parecia vir das entranhas de seu dono como se ele tivesse um monstro escondido dentro do corpo, Alfredo parou de supetão, abriu a boca. A bola aproveitou o momento para cair no chão e Arthur, para pegá-la.

– Obrigado! – agradeceu o menino outra vez gentil, acariciando a cabeça do cachorro.

Alfredo não esqueceria aquele truque de magia tão cedo.

capítulo 15

Mino também não esqueceria tão cedo aquele dia, que, ao que parecia, seria seu último.

Os guardas estavam bem na sua frente. Sem outro recurso, o pequeno Mino assumiu uma posição de defesa, tipo Bruce Lee em versão toupeira.

– Cuidado! – avisou com as patas estendidas para a frente.
– Eu também posso ser malvado!

A palavra 'malvado' ressoou agradavelmente aos ouvidos de Maltazard. Furioso, desembainhou a espada mágica de Selenia, da qual se apropriara, brandiu a arma com um gesto amplo e arremessou-a com toda a força na direção de Mino.

Se de um lado a pequena toupeira tinha dificuldades para enxergar de perto, de outro ela enxergava muito bem de longe. Mino viu perfeitamente o foguete que vinha em sua direção.

Ele se deslocou um pouco para a direita, o que, segundo seus cálculos, seria suficiente para não ser atingido. A lâmina fincou-se ruidosamente próximo à sua direita, a apenas alguns

centímetros de seu rostinho assustado. Até mesmo uma toupeira pode se enganar nas contas...
Maltazard ficou ainda mais furioso por ter errado o alvo. Principalmente na frente do filho. Em vez de esperar para encontrar uma explicação lógica para seu fracasso, o soberano preferiu criar uma distração e encobrir seu erro.
– Agarrem-no! – gritou para os guardas, que demoravam a reagir.
– Eu avisei! Eu vou me zangar! – preveniu Mino, recuando aos poucos.
Os seídas não acreditaram em uma só palavra do que ele dizia e deram uma risadinha.
Pior para eles. Uma bola de tênis duzentas vezes maior do que os seídas acabara de ser jogada dentro do tubo que se encontrava acima de suas cabeças. Do tamanho de um meteorito, ela tapou a luz que chegava da superfície. Ao olharem para cima, os seídas viram aquela sombra que rolava na direção deles. Tudo aquilo não demorou muito tempo. Apenas alguns segundos e a bola atingiu-os em cheio.
Estupefato, Maltazard debruçou-se por cima do balcão. Esse final era totalmente diferente do que ele planejara.
– Detenham essa bola! – gritou, sem perceber que seu pedido era impossível de ser atendido.
Os seídas foram varridos como folhas mortas por aquela bola gigantesca, que, a cada pulo, arrasava, destruía e arrancava tudo em seu caminho.
Os canudos e os tubos começaram a rolar em todas as direções como pinos de boliche. Dezenas de buracos liberaram

a água, que começou a jorrar por causa da pressão. A praça ficou cercada de gêiseres que cuspiam água sem parar dos dois enormes reservatórios. A torrente enfiou-se pelo túnel do qual Arthur e seus amigos haviam escapado pouco antes e logo transbordou e inundou tudo.

Levada pela correnteza, a bola boiou até a entrada do tubo e obstruiu-o como um tampo de banheira. A água alagou tudo rapidamente, e o exército dos seídas entrou em polvorosa.

– Faça alguma coisa! – gritou Maltazard para Darkos, mas o pobre rapaz só conseguia rezar.

Mino subiu na bandeja onde estava o tesouro e escondeu-se entre dois rubis.

O espetáculo que se desenrolava diante de seus olhos era apocalíptico. A água tomara conta da praça de Necrópolis, e as pequenas barracas dos comerciantes flutuavam por todos os lados.

Alguns musticos que não haviam levantado vôo tinham água até as selas, enquanto outros davam voltas pela praça à procura de uma saída.

Os seídas que caíam na água acabavam se afogando por causa das armaduras extremamente pesadas.

Infiltrados pela água, pedaços inteiros de parede desmoronavam e provocavam ondas gigantescas que arrastavam os pequenos casebres, espatifando os destroços contra os muros do palácio, justo embaixo do balcão de Maltazard.

O soberano observava aquela catástrofe que ia rapidamente em sua direção e logo o alcançaria. Ele não acreditava no que estava acontecendo. Como aquela pequena toupeira insignificante havia conseguido provocar um cataclismo daqueles? Como um império tão poderoso podia ruir tão fácil?

Às vezes um grão de areia é suficiente para iniciar uma revolução. Se Maltazard tivesse lido *O grande livro dos pensamentos*, como Miro o aconselhara tantas vezes, teria se recordado do mandamento 230, que dizia: "Quanto menor o prego, mais intensa a dor quando se pisa nele".

Maltazard entendera a lição, mas era tarde demais para reagir. Ele estava tão perdido e destruído quanto seu reino.

A água levantou a bandeja e seu tesouro do pedestal, e o pequeno tabuleiro começou a subir lentamente para a superfície.

Escondido entre os dois rubis, Mino continuava a bordo, morto de medo.

Navegar daquela forma realmente não era uma das especialidades das toupeiras, e Mino começou a ficar enjoado.

Maltazard também estava enjoado ao ver seu reino dissolver-se bem debaixo de seu nariz. A água chegara ao balcão. Ele não via mais nenhuma escapatória. Então, agarrou-se à primeira coisa que passou em sua frente e pulou em cima de um mustico.

O piloto seída ficou muito orgulhoso de ter seu amo a bordo, mas, como é de praxe em qualquer navio, no mustico também só havia lugar para um comandante.

Sem pensar duas vezes, Maltazard agarrou o seída e lançou-o para o espaço. O pobre piloto não teve nem tempo de gritar antes de mergulhar nas águas turbulentas. Maltazard tomou as rédeas do mustico, que era um pouco pequeno para o seu tamanho, e preparava-se para partir quando ouviu um grito.

— Pai!

Maltazard puxou as rédeas do mustico e freou.

Darkos estava parado no balcão, o olhar perdido e os tornozelos enfiados na água.

— Não me abandone, pai! — suplicou em um tom de voz quase infantil.

Maltazard colocou o mustico em ponto morto e posicionou-se bem na frente do filho.

— Darkos! Nomeio você meu comandante! — disse solenemente.

O filho não se sentiu nem um pouco lisonjeado. Teria sido melhor se estivesse em terra seca para poder aproveitar totalmente a nova nomeação. Estendeu a mão para Maltazard com a esperança de conseguir um lugarzinho na traseira do mustico do pai.

— E um comandante nunca abandona seu navio! — trovejou Maltazard, irritado por ser obrigado a lembrar Darkos da regra mais básica de todas as regras militares.

E então Maltazard puxou as rédeas, fez uma curva e desapareceu no céu abobadado de Necrópolis.

Deixado para trás, decepcionado, magoado e impotente, Darkos abaixou a cabeça. Só então percebeu que a água já batia em sua cintura e que seu rosto se refletia na superfície. Olhou para aquele semblante desapontado e cansado que subia rápido em sua direção, como se fosse um irmão gêmeo vindo a seu encontro. A imagem o fez sorrir, e o reflexo na água espelhou o mesmo sorriso. Darkos emocionou-se.

Era a primeira vez que alguém se aproximava dele sorrindo. E seria a última. O reflexo aproximou-se mais... e mais... e deu-lhe o beijo de adeus.

Deitado na grama, Arthur acompanhava atentamente os gargarejos que percorriam o ventre da terra. O buraco onde jogara a bola não dava nem sinal de vida, e ele perguntou-se se não teria fracassado na última parte da sua missão.

Fracassado... quando estava tão perto de alcançar seu objetivo, depois de ter cruzado as Sete Terras a dois milímetros do chão, enfrentado os seídas, bebido Joca Flamejante, casado com uma princesa e encontrado o avô e o tesouro. Era uma injustiça que Arthur não conseguia aceitar. Por que motivo o céu, que até então sempre estivera do seu lado, iria abandoná-lo tão de repente? Esse pensamento animou-o, e ele debruçou-se um pouco mais por cima do buraco. Ouviu nitidamente o borbotar da água e, como o som aumentava cada vez mais, deduziu que o nível estava subindo.

Arthur examinou aquele buraco escuro mais atentamente. De repente, viu um objeto brilhar lá no fundo. O primeiro rubi do topo da pirâmide acabara de encontrar a luz. Carregada pela água, a bandeja subia aos poucos, e a pirâmide iluminava-se.

Arthur ficou embasbacado. Seus olhos encheram-se de lágrimas. Ele conseguira cumprir sua missão. Uma missão perigosa durante a qual enfrentara muitas aventuras e arriscara a vida um milhão de vezes. Uma experiência que o obrigara a amadurecer e ir além de suas forças. Um caminho que ele começara quando ainda era um menino e terminara como um rapazinho.

Estendeu as mãos e pegou com muito cuidado a bandeja cheia de rubis.

Incrédulo, ficou olhando para aquele tesouro, como um estudante olha para seu diploma de final de curso.

E, como um estudante, ele também recebeu os parabéns do corpo de jurados e de seu presidente, que abanou a cauda e começou a latir os elogios.

Arthur encaminhou-se para a garagem, onde acendeu a grande lâmpada fluorescente, que tremulou um pouco antes de começar a funcionar.

Colocou a bandeja em cima da mesa e depois começou a vasculhar todas as gavetas da bancada, até que encontrou o que procurava: uma lupa.

Arthur aproximou-a devagar da pirâmide de rubis e examinou seu interior metodicamente à procura da pequena toupeira.

– Mino? – sussurrou baixinho, porque sua voz em tom normal poderia soar monstruosa para um serzinho daquele tamanho.

Mino o ouvira, mas aquele grito pavoroso não prometia nada de bom. De fato, como poderia reconhecer seu amigo Arthur, agora que o timbre da voz estava tão grave?

Apesar disso, Mino encheu-se de coragem. Colocou a cabecinha do lado de fora, um pouco desajeitado, e acabou caindo em cima de um muro de vidro cujos contornos ele mal conseguia enxergar. A lente refletia um olho gigantesco, maior do que um planeta.

Mino lembrou-se imediatamente de uma velha história que seu pai costumava contar para assustá-lo, a história de um olho tão monstruoso como aquele, que se mantinha fixo o tempo todo em alguém chamado Caim.

Apavorado, Mino começou a gritar e deixou-se cair no meio dos rubis, o que, no seu caso, era de certa forma sempre melhor do que maçãs. Ou laranjas.

Metade do povo minimoy continuava com as mãozinhas grudadas contra o portão. Mas a pressão da água começava a diminuir. Miro desgrudou a orelha do portão e anunciou a boa notícia.

O rei também reduziu um pouco a pressão das mãos contra o portão, mas ainda não ousou tirá-las daquela posição.

Patuf, por sua vez, não tinha nenhuma dúvida. Afastou-se da entrada, colocou as mãos nos quadris e curvou-se para trás para estalar a coluna. Afinal, ele fizera dois terços do trabalho sozinho. O suficiente para dar um mau jeito nas costas.

Naquele momento, o único que continuava no portão era o rei, que acabou sentindo-se um pouco ridículo.

– Pode soltar, pai! O pior já passou – disse sua filha gentilmente, que achava aquela posição do pai muito engraçada.

O barulho da água começou a ficar cada vez mais fraco, como um mau pensamento ou uma lembrança desagradável que desaparece.

Miro abriu a portinhola situada na altura de seu rosto e espiou para fora.

– A água sumiu! – gritou.

A notícia foi recebida com muita alegria. Centenas de chapeuzinhos foram lançados para o alto acompanhados de gritos, canções e alguns assobios. Os minimoys se serviram de tudo aquilo que lhes permitisse expressar a felicidade de estarem vivos.

Até Selenia deixou de lado seu pudor legendário e jogou-se nos braços do pai. Ela não conseguia parar de rir, e grossas lágrimas rolavam por suas faces.

Betamecha, por sua vez, estava completamente tonto com todos aqueles elogios e aquelas mãos que queriam cumprimentá-lo. Ele era obrigado a repetir 'obrigado' sem parar para atender a todos que queriam ficar perto dele. O povo minimoy estava em festa e logo começou a cantar o hino nacional espontaneamente.

Miro observava tudo com muita ternura, mas seu coração estava em outro lugar.

O rei aproximou-se e colocou o braço sobre os ombros da toupeira. Ele conhecia a tristeza que afligia o amigo e o impedia de festejar.

– Como eu gostaria que meu pequeno Mino estivesse aqui para poder ver esse espetáculo...

Compreensivo, o rei apertou com força o ombro de Miro. Era tudo o que ele podia fazer. Não havia o que dizer.

De repente, um barulho perturbou a festa. Um barulho que aumentava e que era ainda mais forte do que o da água.

A terra começou a tremer, e a festa foi interrompida.

Todos os rostos voltaram a demonstrar aquela preocupação que desaparecera apenas durante o tempo de uma canção.

Os tremores tornaram-se mais intensos, e algumas placas de terra começaram a soltar-se do teto como bombas que caíam do céu, explodindo no chão e abrindo verdadeiras crateras.

A vingança de Maltazard não tardara, pensaram alguns que seguiam a multidão que corria para se abrigar. Quem mais, a não ser aquele demônio, seria capaz de destruir a abóbada da cidade?

Outro tremor, muito mais forte que os outros, soltou uma pedra enorme do teto.

– Cuidado! – gritou Miro, que não podia fazer nada senão avisar.

Os minimoys saíram correndo. A pedra gigantesca espatifou-se no chão e abriu outra cratera no meio de uma nuvem de poeira.

O choque foi tão violento que o rei caiu sentado no chão.

Quando os tremores pararam, um tubo listrado gigantesco de várias cores saiu do teto e deslizou até o chão.

O rei não conseguia acreditar no que estava acontecendo. "O que aquele demônio do Maltazard tinha inventado agora?", perguntou-se.

O tubo gigantesco estabilizou-se finalmente, e, através do material transparente, todos viram a bola que rolava no interior.

– É uma bola da morte! – gritou Betamecha.

Aquilo foi o suficiente para semear um pânico generalizado.

Selenia foi a única que manteve a calma. O tubo assustador lembrava-lhe alguma coisa.

– É um canudo! – gritou de repente, sorrindo de orelha a orelha. – É um dos canudos de Arthur!

A bola acabou de descer, bateu no chão e rolou para o lado.

Com o corpo todo dolorido, Mino levantou-se e cuspiu a poeira que tinha na boca. E ele trazia, bem apertada contra o peito, a espada de Selenia.

– Meu filho! – gritou Miro, a toupeira, emocionadíssimo.

– Minha espada! – exclamou a princesa Selenia, felicíssima.

Miro correu para o filho e apertou-o entre os braços.

Todo coberto de poeira, o povo minimoy recomeçou a gritar de alegria.

O rei aproximou-se de Miro e seu filho. Os dois estavam tão colados um ao outro como dois mul-mul.

– Tudo está bem quando termina bem! – exclamou feliz e nem um pouco chateado porque a aventura terminara.

– Mas ainda não terminou – disse Selenia muito séria.

A princesa afastou-se do grupo e caminhou até o centro da praça, onde estava a pedra dos anciões.

Ela ergueu a espada e, com um único gesto, enfiou-a de volta na pedra. A pedra fechou-se imediatamente e aprisionou a espada para sempre.

Selenia suspirou aliviada. Olhou para o pai, que meneou a cabeça em um gesto de aprovação e gratidão, o que Selenia aceitou com humildade. Aquela aventura ensinara-lhe muitas coisas. Principalmente uma, essencial para transformar uma princesa em uma boa rainha, mas também para ter sucesso na vida em geral: a sabedoria.

Como um foguete silencioso, o canudo recomeçou a subir devagar, até desaparecer de vez da praça da aldeia.

capítulo 16

Arthur pegou o canudo e verificou se Mino ainda estava dentro dele.

– *Yes*! – exclamou ao ver o tubo vazio.

Depois tapou o buraco com uma pedrinha e pegou a bandeja cheia de rubis.

E já era hora de a bandeja e o tesouro chegarem, porque Arquibaldo já não sabia mais o que inventar para ganhar tempo. Dessa vez, ele tentava consertar a caneta que tivera o cuidado de desmontar em três partes, e suas mãos estavam sujas de tinta.

– Não dá para acreditar! Ela sempre funcionou! Justo agora, no momento mais importante, na hora de assinar documentos tão importantes, ela me deixa na mão! – reclamava, mais tagarela do que nunca. – Eu a ganhei de presente de um amigo suíço. Sabe, os suíços não são especialistas só na fabricação de relógios e chocolates. Eles também fazem canetas extraordinárias.

Irritadíssimo, Davido pegou sua caneta Montblanc e enfiou-a debaixo do nariz de Arquibaldo.

– Tome! Essa também é suíça! E agora assine! Já perdemos tempo demais!

O proprietário da casa não toleraria mais nenhum contratempo. Seu olhar deixava aquilo bem claro.

– Hein?... Ah... sim, é claro – gaguejou Arquibaldo, que já não tinha mais nenhuma idéia.

Mesmo assim, tentou ganhar alguns segundos e começou a admirar a caneta de Davido:

– É muito bonita. Escreve bem?

– Experimente! – respondeu Davido, muito esperto dessa vez.

Arquibaldo não tinha escolha. Ele assinou o último documento. O proprietário da casa arrancou o papel das mãos de Arquibaldo e guardou-o na pasta.

– Pronto! Agora a casa é sua! – disse com o rosto ligeiramente contraído.

– Ótimo! – respondeu Arquibaldo, que sabia que não era tão simples assim.

Ele assinara todos os documentos, mas ainda não acertara o principal.

– O dinheiro! – pediu Davido, estendendo a mão.

Arquibaldo sabia que aquela era sua última chance. O contrato de compra só teria valor depois que liquidasse o valor a ser pago, e, por enquanto, ele ainda não tinha o dinheiro. O velho homem voltou-se para os dois policiais que acompanhavam Davido e sorriu como se lhes pedisse para ajudá-lo. Infelizmente, os dois representantes da lei não podiam fazer nada por ele.

Davido sentiu que o vento mudava a seu favor. Já era um milagre aquele velho ter aparecido no último momento. Não aconteceriam dois milagres no mesmo dia.

Abriu a pasta, pegou o contrato de compra e venda e preparou-se para rasgá-lo.

– Sem dinheiro... nenhum documento – afirmou o miserável, certo de que a casa lhe pertencia.

Naquele instante, a porta da entrada foi aberta, e todos viraram-se na mesma direção. O que é uma reação natural quando se está à espera de um milagre.

Para sermos mais precisos, aquele pequeno milagre era muito bem-educado. Antes de entrar, ele fez questão de limpar os sapatos no capacho.

Arthur atravessou a sala, não sem ter tido o cuidado de colocar as pantufas de feltro, e aproximou-se da mesa, onde algumas pessoas o aguardavam como se fosse o Messias, e depositou a bandeja cheia de rubis bem na frente de Arquibaldo.

Vovó conteve a emoção; vovô, a admiração. E Davido prendeu a respiração.

Arthur apenas sorria. Ele estava feliz.

Arquibaldo mal conseguia caber em si de tanta alegria. Finalmente iria se divertir um pouco.

– Vejamos... – começou a dizer, olhando para os rubis.

Lembrando-se de outro mandamento, que dizia que "Contas acertadas fazem bons amigos", escolheu uma pedra, a menor.

– ... aqui está seu pagamento. À vista! – frisou, depositando a pedrinha na frente de Davido, que estava sem ação.

Aliviados com o final feliz, os dois policiais relaxaram e suspiraram silenciosamente. Vovó colocou uma pequena caixa de jóias em cima da mesa, pegou a bandeja e esvaziou todo o conteúdo dentro dela.

– Ficarão mais seguros aqui. Ora, vejam só! Há quatro anos que eu procuro essa bandeja! – exclamou bem-humorada, examinando o pequeno tabuleiro.

Arquibaldo e Arthur riram baixinho. Davido não. Ele não conseguia rir nem um pouco.

Arquibaldo levantou da cadeira e disse, apontando para a porta de saída:

– Adeus, senhor!

As pernas de Davido tremiam tanto que ele não conseguia ficar em pé.

Para não piorarem a situação e também mostrarem o caminho para Davido, que estava acuado, arrasado e à beira de um ataque de nervos, os dois policiais fizeram uma continência, despediram-se dos avós de Arthur e começaram a caminhar até a porta.

Davido se sentia como se todos os nervos se soltassem, um depois do outro.

Ele foi acometido por um tique nervoso no canto de uma das pálpebras, e o olho começou a abrir e fechar sem parar, como se alguém tivesse ligado o pisca-pisca para avisar que ia ultrapassar um carro. Aliás, Davido parecia um bêbado enlouquecido no volante de um carro.

A linha que separa a raiva e a loucura é muito tênue, e Davido parecia estar prestes a atravessá-la.

Para surpresa de todos, ele desabotoou o paletó rapidamente e puxou uma pistola antiga, da Segunda Guerra Mundial. Visto que estavam em uma época de paz, não havia dúvidas sobre o significado daquele gesto.

– Ninguém se mova!

Os policiais esboçaram a intenção de pegarem seus revólveres, mas a loucura deixara Davido muito atento.

– Eu disse ninguém! – gritou mais convincente do que da primeira vez.

Os presentes ficaram mudos. Ninguém teria podido imaginar que aquele crápula chegaria a tal ponto. Aproveitando a surpresa geral, Davido pegou o cofre cheio de rubis e colocou-o debaixo do braço.

– Então era por isso que você queria nossa propriedade? – perguntou Arquibaldo, que começava a entender a razão de tudo aquilo.

– Era! O desejo da ganância! Agora e sempre! – respondeu Davido com uma risadinha e o olhar desvairado.

– Como sabia que o tesouro estava escondido no jardim? – perguntou Arquibaldo, que queria esclarecer aquele mistério.

– Foi você mesmo quem me disse, seu burro! – respondeu Davido irritado, com a arma sempre apontada para eles. – Uma noite estávamos no bar dos Dois Riachos – gritou como se quisesse dar vazão a uma pressão retida fazia muito tempo. – Festejávamos o fim da guerra e você começou a contar uma daquelas suas histórias sobre pontes e túneis, africanos grandes e pequenos, e, principalmente, sobre tesouros. Você mencionou os rubis que havia trazido da África e enterrado cuidadosamente no jardim. Escondido tão bem que não sabia mais onde os havia enfiado. Você achou isso muito engraçado, mas eu tenho chorado todas as noites desde então. Nunca mais consegui fechar os olhos, enquanto você dormia tranqüilo em cima de um tesouro que nem sabia mais onde tinha enterrado.

— Sinto muito se perturbei seu sono — respondeu Arquibaldo, com a frieza de um bloco de gelo.

— Não faz mal. Agora que o tesouro está em meu poder, vou recuperar o tempo perdido. Quem não vai mais dormir é você! — garantiu Davido, começando a recuar na direção da porta.

— Sabe, Davido, o que incomodava seu sono não era o tesouro, mas a ganância.

— Mas, agora que minha ganância foi saciada, prometo a você que vou dormir como um anjo. Vou dormir nas Caraíbas. A África não me interessa — respondeu o crápula, que não percebera as lanças que os cinco matassalais apontavam para suas costas.

— O dinheiro não traz felicidade, Davido. Esse é o primeiro de todos os mandamentos, e você vai entender seu significado logo — respondeu Arquibaldo, sentindo pena daquele pobre louco, que acabara caindo na armadilha que ele mesmo preparara.

As cinco lanças picaram as costas do ladrão, que entendeu de imediato que sua sorte mudara como um céu límpido invadido por uma tempestade repentina.

Davido não ousava mais mexer nem um dedo, e os dois policiais aproveitaram para desarmá-lo.

O chefe africano pegou o cofre com as jóias enquanto os homens da lei algemavam Davido e o empurravam para fora. Os policiais não permitiram que Davido dissesse uma só palavra. Nem mesmo adeus.

O chefe dos matassalais entregou o cofre com as pedras preciosas para Arquibaldo.

– Da próxima vez, guarde nossos presentes um pouco melhor – recomendou o chefe, com um grande sorriso.

– Pode deixar – respondeu Arquibaldo, sorrindo também.

Ele aprendera a lição.

Arthur correu para os braços da avó e aproveitou ao máximo o carinho bem merecido.

Enquanto isso, sua mãe levava uns tapinhas no rosto. Não chegavam a ser bofetadas, mas também não deixavam de ser tapas.

Contudo era a única coisa que conseguiria acordá-la. O marido passou um braço por trás das costas da mulher e ajudou-a a ficar em pé. A primeira coisa que ela viu quando abriu os olhos foram os dois policiais empurrando Davido algemado pelos pulsos para dentro da traseira da viatura.

Certa de que estava tendo outro pesadelo, franziu as sobrancelhas.

– Querida, está se sentindo melhor? – perguntou o marido, muito solícito.

Ela não respondeu. Provavelmente queria antes ter certeza de que o carro de polícia não ia sair voando pelos ares com todas as sirenes ligadas.

O carro levantou muita poeira, mas se comportou bem na estrada. O que significava que tudo era real.

– Muito bem! – respondeu com um ligeiro atraso antes de ficar em pé e ajeitar um pouco o vestido.

Olhou para todos os buracos que o marido cavara em volta dela.

– Está tudo bem – reafirmou, como se nada tivesse acontecido.

Era evidente que ainda não recuperara toda a lucidez e que os vários desmaios e quedas haviam afetado sua cabeça.

– Vou dar uma arrumadinha aqui – disse, como se estivesse falando de sua cozinha.

Em seguida, pegou a pá e começou a tapar os buracos.

O marido olhava-a sem saber o que fazer. Ele suspirou e sentou-se na borda de um dos buracos. Agora só lhe restava aguardar e torcer para que o estado mental da esposa fosse passageiro.

"Por outro lado... aquilo vinha bem a calhar", não pôde deixar de pensar o marido, vendo a esposa apertar a terra do primeiro buraco que ela tapara orgulhosamente.

capítulo 17

Passara-se uma semana desde aquela aventura maluca. O jardim estava mais ou menos arrumado, o saibro da garagem reposto, as lajotas consertadas.

A única diferença era aquele aroma perfumado que saía da janela da cozinha. Vovó levantou a tampa da panela e cheirou o vapor. A comida já estava cozinhando fazia algumas horas, e o perfume era excelente. Devia ser por isso que Alfredo estava sentado muito bem comportado ao lado da cozinheira. Vovó enfiou a colher de pau na panela e com a ponta dos lábios experimentou um pouco do caldo.

Seu sorriso de satisfação não deixava margens para a menor dúvida: a comida estava pronta.

Ela segurou a panela com dois panos de prato e levou-a para a sala, onde foi recebida por um clamor de pessoas famintas.

– Aaahh!!! – entoaram os presentes sentados ao redor da mesa para manifestar seu prazer.

Arquibaldo afastou as garrafas e abriu um espaço em cima da mesa para a panela novinha em folha.

– Ah! Pescoço de girafa! Meu prato preferido – exclamou.

Ao ouvir aquilo, sua filha revirou os olhos, mas o marido conseguiu segurá-la antes que caísse desmaiada no chão.

Ela recuperara a lucidez, porém ainda estava um pouco frágil.

– Brincadeira! – disse vovô, caindo na gargalhada. Ele pegou uma garrafa de vinho branco e encheu um copo.

– Tome, minha filha. Beba um gole, vai lhe fazer bem – aconselhou.

Ele ia começar a servir os cinco matassalais, mas eles recusaram a oferta amavelmente.

O que não foi o caso dos dois policiais. Como um deles disse brincando, quando se tratava de esvaziar uma garrafa, eles estavam sempre prontos a ajudar.

Todos riram da piada, especialmente o pai de Arthur, que quase se engasgou de tanto rir. Sua mulher deu-lhe uns tapas nas costas e passou-lhe o copo com vinho branco. O marido bebeu de um só gole. Sentiu-se imediatamente melhor e fez sinal para a mulher parar de bater nas costas dele. Depois pegou a garrafa para examinar o rótulo. Era um vinho branco da casa, da safra de Arquibaldo. O grau do teor alcoólico era de algumas dezenas, o tipo de bebida que deixava praticamente qualquer coisa à vontade.

O que tornava fácil adivinhar quem ensinara os minimoys a fabricar o drinque Joca Flamejante.

Vovó começou a servi-los, e o cheiro delicioso do cozido logo tomou conta da sala de jantar.

Todos aguardaram educadamente até a dona da casa terminar de encher os pratos, que eram servidos com abundância.

Eles só perceberam a cadeira vazia depois que o último prato foi servido.

– Onde está Arthur? – perguntou vovó, que estivera muito ocupada com a panela nova e não notara a ausência do neto.

– Foi lavar as mãos. Não vai demorar – respondeu Arquibaldo.

Aquilo cheirava a cumplicidade entre avô e neto.

– Bom apetite! – desejou o avô para mudar de conversa.

– Bom apetite! – ecoaram todos antes de mergulharem os garfos no cozido.

Arthur não estava lavando as mãos. Estava no andar de cima. Ele saiu do quarto da avó segurando na mão uma chave famosa. Caminhou pelo corredor na ponta dos pés, assegurando-se de que Alfredo não o seguia desta vez.

Mas ele não precisava se preocupar. Quando era dia de cozido, Alfredo nunca se afastava mais de um metro da panela.

Arthur chegou à porta do sótão de Arquibaldo e enfiou a chave na fechadura, apesar da placa de aviso de que era proibida a entrada.

O escritório do avô estava todo mobiliado novamente. A escrivaninha voltara a seu lugar. Cada enfeite e cada máscara também haviam retornado aos seus pregos nas paredes e redecoravam o lugar. E os livros tinham outra vez o prazer de se amontoarem uns em cima dos outros.

Arthur entrou no aposento lentamente, como se quisesse prolongar o prazer que sentia em estar ali. Passou a mão devagar por cima da escrivaninha de cerejeira, da grande mala de couro de búfalo e por todas as máscaras com as quais gostava tanto de brincar antes do início daquela aventura. Toda aquela felicidade fazia-o sentir-se diferente. Era um sentimento impreciso, como uma tristeza. Uma saudade.

Abriu a janela para deixar o verão entrar e apoiou os cotovelos no parapeito. Depois suspirou e dirigiu seu olhar para o velho carvalho, que continuava ali, com o anão de jardim na frente. Lá no alto, no céu límpido, uma lua crescente oferecia-se timidamente ao sol.

– Só faltam nove luas, Selenia... só nove... – murmurou finalmente, expressando em voz alta o motivo de sua tristeza.

A razão daquele sentimento impreciso não era nem felicidade, nem saudade, nem mesmo tédio. Era apenas amor. O verdadeiro amor. Aquele que deixa as pessoas sem vontade de nada quando estão afastadas do ser amado. Aquele que se conta em luas e em milímetros.

– Você me passou seus poderes, mas eu nunca me senti tão fraco. Será que eles só funcionam quando estou com você? – perguntou-se Arthur, sem que ninguém pudesse responder.

Ficou um instante ali, imóvel no meio daquele silêncio, esperando que um eco carinhoso lhe enviasse uma resposta. Porém, além do sopro da brisa que roçava os galhos do grande carvalho, tudo continuava silencioso.

Arthur depositou um beijo na palma da mão e soprou-o para indicar o caminho que devia seguir. O beijo rodopiou na direção do carvalho, passou agilmente entre os galhos e pousou no rosto de Selenia.

A princesinha estava sentada em cima de uma folha e olhava para Arthur na janela.

Uma lágrima que só estava pedindo para descer rolou finalmente por sua face.

– Logo estarei ao seu lado – murmurou Arthur, melancólico.

– E eu estarei esperando – respondeu Selenia, com toda a paciência do mundo.

Além da sabedoria, a paciência era a segunda coisa que aquela aventura lhe ensinara.

FIM

Impresso nas oficinas da
Gráfica Palas Athena